itadakimasu

3

Yuki Yoshihara

Un homme à déguster !

itadakimasu 3

Yuki Yoshihara

Un homme à déguster !

Naéko Kôenji : une jolie femme travaillant dans une agence matrimoniale. Elle est divorcée de Sôichi et est tombée amoureuse d'Ôji.

Ôji Tsubaki : un beau lycéen (qui a redoublé à cause d'une longue maladie). Il est le petit frère de Sôichi mais est bien plus adulte que lui...

Chapitre 11 : Un soir d'été 5

Chapitre 12 : Gêne contenue 41

Chapitre 13 : Trick or Treat 77

Chapitre 14 : Question de choix (1ère partie) 113

Chapitre 15 : Une veillée de Noël très animée 149

RÉSUMÉ DE L'HISTOIRE :

Travailler dans une agence matrimoniale n'est pas de tout repos. Surtout quand on vient juste de divorcer et que son ex-mari n'est autre que son patron !
Naéko décide de refaire sa vie rapidement, quitte à choisir le premier homme qui lui tombera sous la main. Sauf que l'histoire se complique lorsque ce fameux homme est encore lycéen et qu'il est... le frère de son ex-mari !

11 Un soir d'été

......
RHAAAA !
BING !
WHAAA !

CRIIII
ZAAAM
CRIIII
IL FAIT TROP CHAUUUD !
LA CLIM' EST EN PANNE À LA MAISON...
ET À CAUSE DES VACANCES, Y'A PERSONNE POUR VENIR LA RÉPARER.
JE FONDS ! J'AI CHAUUUD !
ET DIRE QU'ÔJI VOULAIT PROFITER DE SES VACANCES POUR SE REPOSER UN PEU, IL VIT UN VRAI CAUCHEMAR...
SPLASH
GLAÇON
SPLASH
GLACE
PISCINE GONFLABLE
RHAAA
ET TOI ÔJI, CETTE CHALEUR NE TE FAIT RIEN ?

TOUT ÇA, C'EST DANS LA TÊTE ! EN LE VOULANT, ON PARVIENT À GARDER SON CORPS AU FROID !
HÉ HÉ
VOILÀ !
AH OUI ? ET JE PEUX GOÛTER À TES DEUX GLAÇONS, ALORS ?
NE VOUS CHAUFFEZ PAS INUTILEMENT...
ET PENDANT CE TEMPS, MAMY PASSE DU BON TEMPS AVEC SON NOUVEAU COPAIN EN SUISSE...
QUEL BOL ! AU FRAIS...
SI J'AVAIS SU, J'AURAIS AUSSI RÉSERVÉ UNE CHAMBRE DANS UN ENDROIT AGRÉABLE...
HMM
VOUS VOULEZ QUE JE VOUS INDIQUE UN ENDROIT QUI DONNE FROID ?
FLAAAAP
HEIN ? OÙ ÇA ?!?
HMM, OUI IL ME SEMBLE QUE C'EST BIEN AUJOURD'HUI...
HÉ HÉ

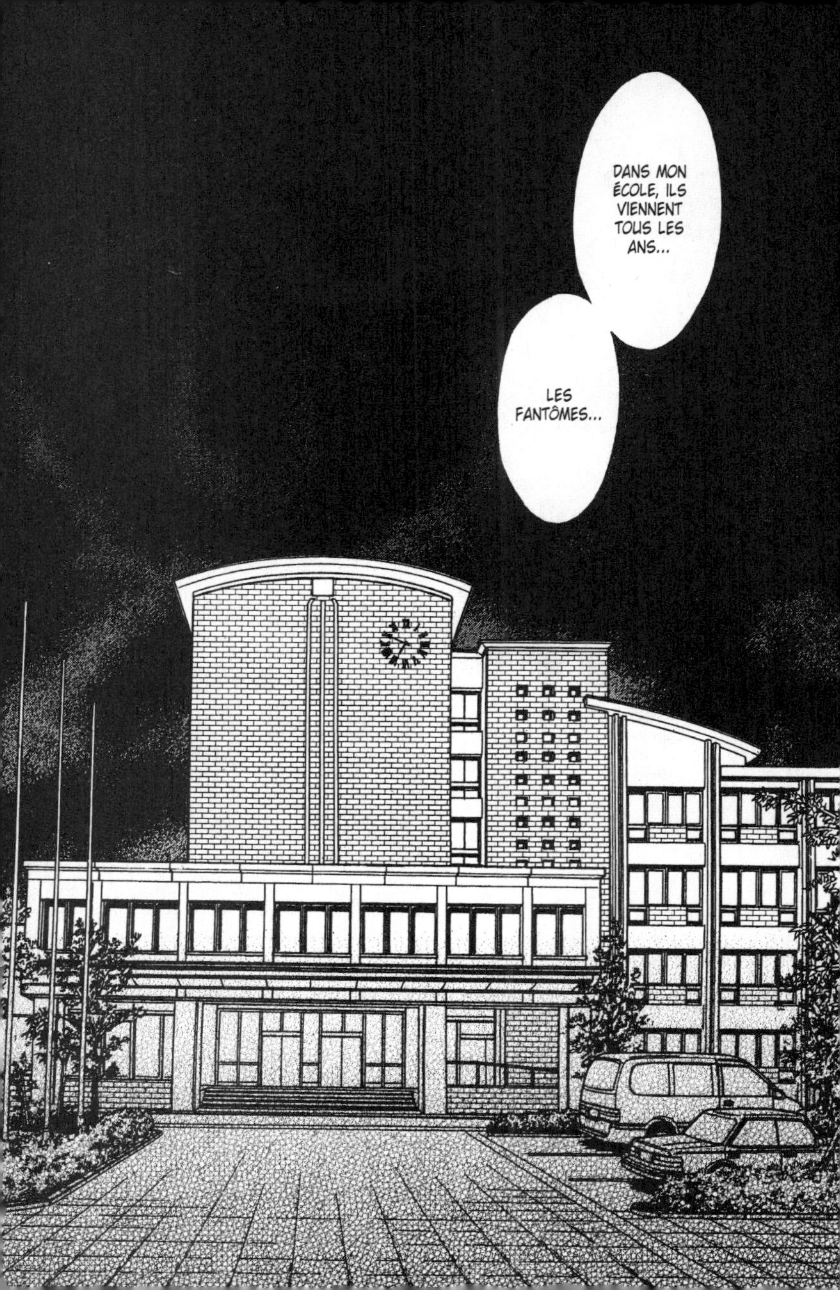
DANS MON ÉCOLE, ILS VIENNENT TOUS LES ANS...
LES FANTÔMES...

IL Y A QUELQUES ANNÉES...
UN ÉLÈVE S'EST DONNÉ LA MORT À L'ÉCOLE...
SON ESPRIT EST MALHEUREUSEMENT RESTÉ ICI, ENFERMÉ DANS CES LIEUX...
ET TOUS LES ANS, POUR LE JOUR ANNIVERSAIRE DE SON ACTE...
IL REVIENT POUR INVITER D'AUTRES VIVANTS À LE REJOINDRE...
GLOUPS
HEU, ET...
C'EST...
AUJOURD'HUI ?
ALORS ? VOUS AVEZ TOUJOURS AUSSI CHAUD ?

DAAAAM
OUI ! ET PAS QU'UN PEU !
ET C'EST QUOI TOUTE CETTE FOULE ?
HÉ BIEN, TOUS LES ANS, LES AUTRES ÉLÈVES VIENNENT SE FAIRE PEUR À CETTE OCCASION...
VIOC !
OH, VOUS ÊTES LÀ AUSSI, M'DAME !
ÔJI ! ♡
FUJIYA, GONDA...
IL A PAS CHAUD, LUI ?
PFF ! C'EST PAS DRÔLE, MAINTENANT QUE TU ES LÀ, TOUTE L'ATTENTION DES FILLES SE PORTERA SUR TOI...
?
CE SOIR, ILS DISENT QUE C'EST POUR SE DONNER LA FROUSSE...
PSSS
MAIS EN FAIT, LE VRAI BUT DE CETTE SOIRÉE, C'EST DE SE TROUVER UNE COPINE OU UN COPAIN...
EUX AUSSI
F. C. FAN CLUB ÔJI
WHA !

TOUS LES ANS, LES FILLES DES LYCÉES ALENTOURS SONT INVITÉES À PARTICIPER ...
Y'A DONC PLEIN DE MECS ET DE NANAS MAIS COMME ÔJI A DU SUCCÈS, Y'A TOUJOURS UNE SALE AMBIANCE DANS CERTAINS GROUPES DE FILLES...
OUI, EN EFFET, J'AI COMME DES FRISSONS DANS LE DOS...
ÔJI ! ON PEUT Y ALLER ENSEMBLE ?
NON, AVEC MOI !
AVEC MOI !
WHAA !
PARDON MAIS JE SUIS DÉJÀ ACCOMPAGNÉ...
HOP
HEIN ?!?
SALE MIOCHE ! ET TOI, T'AS PEUT-ÊTRE LA PEAU DOUCE MAIS TON CERVEAU, C'EST ENCORE DE LA COMPOTE POUR BÉBÉ !
GROAAAAH !
CASSE-TOI LA VIEILLE ! DÉGAGE !

ELLE EST TRÈS IMPORTANTE À MES YEUX.
FAITES VOS EXCUSES !
QU...
DEMANDEZ-LUI PARDON !

LA LÉGENDE PRÉTEND QUE L'ESPRIT NE SE MONTRE QU'À CERTAINES PERSONNES...
JUSTE AUX COUPLES D'AMOUREUX...
ET LÀ, L'UN DES DEUX AMOUREUX MEURT PLUS TARD DANS D'HORRIBLES SOUFFRANCES...
NAÉKO, CE QUE JE RACONTE A L'AIR DE VOUS FAIRE NI CHAUD NI FROID...
HÉ HÉ HÉ

ET MOI QUI VOULAIS VOUS METTRE UN PEU DANS L'AMBIANCE...
VOUS POUVEZ DESCENDRE UNE SECONDE, LÀ ?
BAH TU PARLES ! C'EST JUSTE UNE LÉGENDE ! EST-CE QUE QUELQU'UN A DÉJÀ VRAIMENT VU CET ESPRIT ?
JE NE SAIS PAS...
LA NUIT, TOUT LE MONDE INTERPRÈTE LES OMBRES EN FONCTION DE SON IMAGINATION...
MOUAIS, DES FOUTAISES, QUOI...
MAIS UNE CHOSE EST SÛRE ! IL Y A BEL ET BIEN EU UN SUICIDE IL Y A QUELQUES ANNÉES.
D'APRÈS CE QUE JE SAIS, IL A FAIT ÇA À CAUSE D'UN AMOUR BRISÉ...
C'EST VRAI ?
UN SUICIDE PAR AMOUR ?
VOUS SAVEZ, SI VOUS DEVIEZ UN JOUR CASSER NOTRE COUPLE...
QUI SAIT SI JE NE PASSERAIS PAS NON PLUS À L'ACTE ?

HÉ CALMOS !
C'EST PAS DES BLAGUES À FAIRE ÇA ! ET PUIS POUR QUI TU ME PRENDS, HEIN ?
C'EST PAS SYMPA !
JE SUIS UNE FILLE FIDÈLE, MOI !
JE SUIS...
ICI...

LE FANTÔÔÔÔÔÔME !

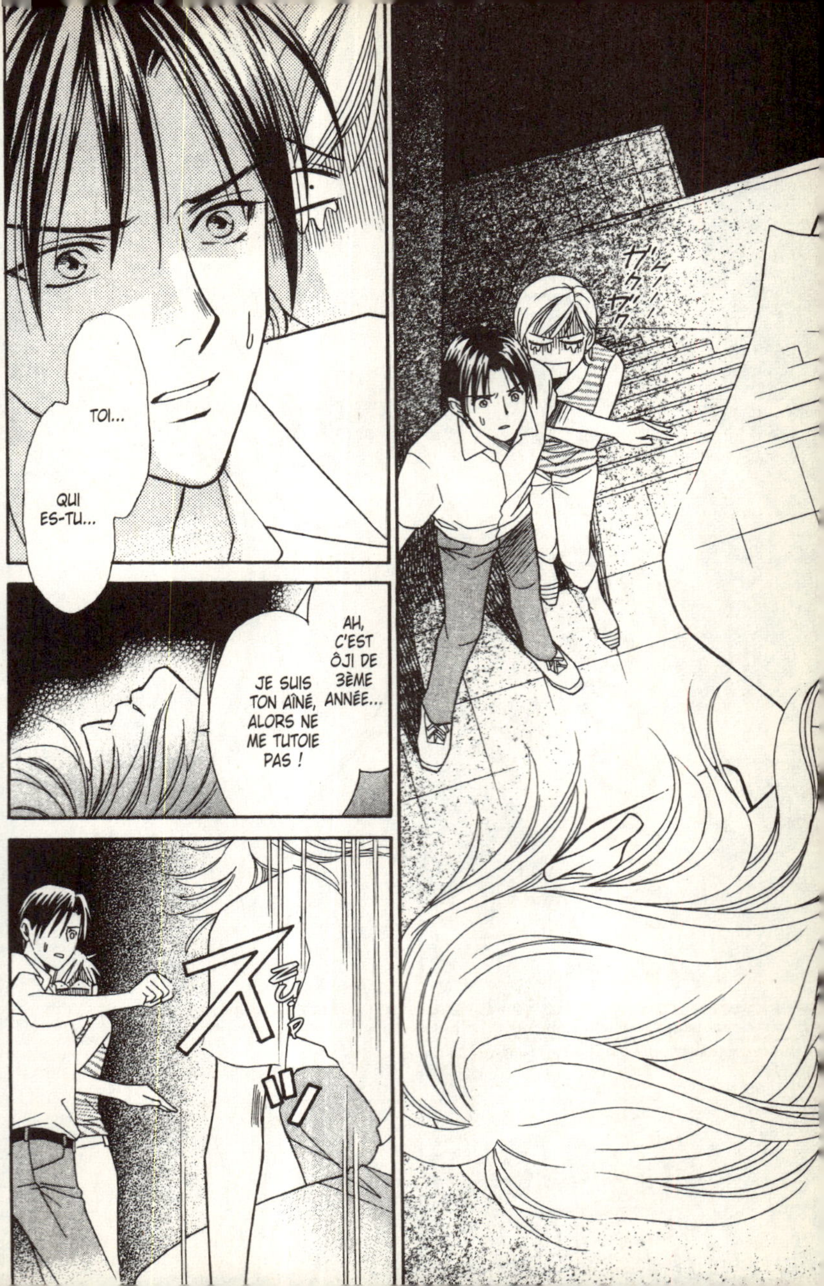
TOI...
QUI ES-TU...
AH, C'EST ÔJI DE 3ÈME ANNÉE...
JE SUIS TON AÎNÉ, ALORS NE ME TUTOIE PAS !

C'EST DONC TOI QUI PROVOQUES L'HYSTÉRIE CHEZ TOUTES LES FILLES DU COIN ?
HMM, JE NE VOIS PAS POURQUOI...
JE SUIS BIEN PLUS BEAU QUE TOI !
QU'EN PENSEZ-VOUS ?
MAMIE ?
BONG !

NON MAIS ÇA VA PAS LA TÊTE ? JE DISAIS PAS ÇA POUR VOUS VEXER !
AH OUAIS ? TU DISAIS ÇA POUR QUOI ALORS ? MORVEUX !
DU CALME, NAÉKO...
TU DEVRAIS MIEUX CHOISIR TES COPINES, MEC !
CELLE-LÀ, ELLE N'EST VRAIMENT PAS COTON, J'TE PRÉVIENS !
HÉ LÀ, VOUS DEUX !
ÔJI, RENTRONS ! NOUS N'AVONS RIEN À FAIRE AVEC CE JEUNE INSOLENT !
BING !
AÏE !
TCHUUUF
QU...
C'EST QUOI ÇA ?!?

ZUUUSH
ZUUUSH
DOMMAGE...
VOUS ALLEZ DEVOIR VENIR DE MON CÔTÉ...
......!

VOUS ÉTIEZ AU COURANT, POURTANT, NON ?
J'ENVOÛTE ET JE PROVOQUE LE MALHEUR DES COUPLES D'AMOUREUX...
ET TA TRONCHE, TU VAS VOIR...
JE VAIS TE L'ENVOÛTER AUSSI, MOI !
RHAAA !
NAÉ...
FUISH
NAÉKO !
TCHIF !

KL
ANG
!
ÔJI !!!
QU...
HAA
APRÈS TANT D'ANNÉES PASSÉES DANS CET ÉTAT, JE COMMENCE À AVOIR DES POUVOIRS MARRANTS !

ALORS, QUE VAIS-JE FAIRE DE VOUS...
VOUS PRÉFÉREZ RESTER ENFERMÉS ICI JUSQU'À VOTRE MORT ?
OU ALORS QUE JE VOUS ENVOIE TOUS LES DEUX EN ENFER ?
VOUS ÊTES LIBRES DE CHOISIR !
PARCE QUE TU APPELLES ÇA LA LIBERTÉ DE CHOISIR ?
HMM ?
BOUHOU ! OUI, JE VOUS LAISSE LE CHOIX...
ON VEUT NI L'UN NI L'AUTRE !
ALORS FAITES L'AMOUR ICI...
HMM, BON...

HEIN ?!?
OUI ! ÇA C'EST UNE BONNE IDÉE !
にやっ
HÉ HÉ
ALLEZ ! JE VEUX VOUS VOIR EN TRAIN DE...
FAIRE L'AMOUR... ♡

YOUHOU ! ÔJI !
M'DAME !
BIZARRE...
ON DEVRAIT POURTANT LES AVOIR RATTRAPÉS...
TU CROIS PAS ?
MOI JE TROUVE SURTOUT BIZARRE DE DEVOIR ME BALADER AVEC TOI...
PAUVRE ÔJI ! IL DOIT SÛREMENT ÊTRE PERDU ET ÊTRE EN TRAIN DE PLEURER...
PFUU !
À MON AVIS ILS SONT TOUS LES DEUX PLANQUÉS DANS UNE CLASSE EN TRAIN DE PRENDRE DU BON TEMPS !
HMM ?
PERSONNE ICI...
OÙ ALORS C'EST LE FANTÔME QUI...
NON...
CLANG
TU NE CROYAIS POURTANT PAS SI BIEN DIRE !

CHERS AMIS ! J'AI LE PLAISIR DE VOUS PRÉSENTER, EN DIRECT DE LA SALLE DU CONSEILLER D'ORIENTATION, UN REPORTAGE SUR LE SEXE ENTRE LES COUPLES D'AMOUREUX !
YEAH !
....
QUE VA-T-ON FAIRE, ÔJI...
HUU...
CE QU'ON VA FAIRE ? HMM...
HMM
ALORS ? ÇA VIENT ? JE SUIS MORT D'IMPATIENCE !
GRRR !

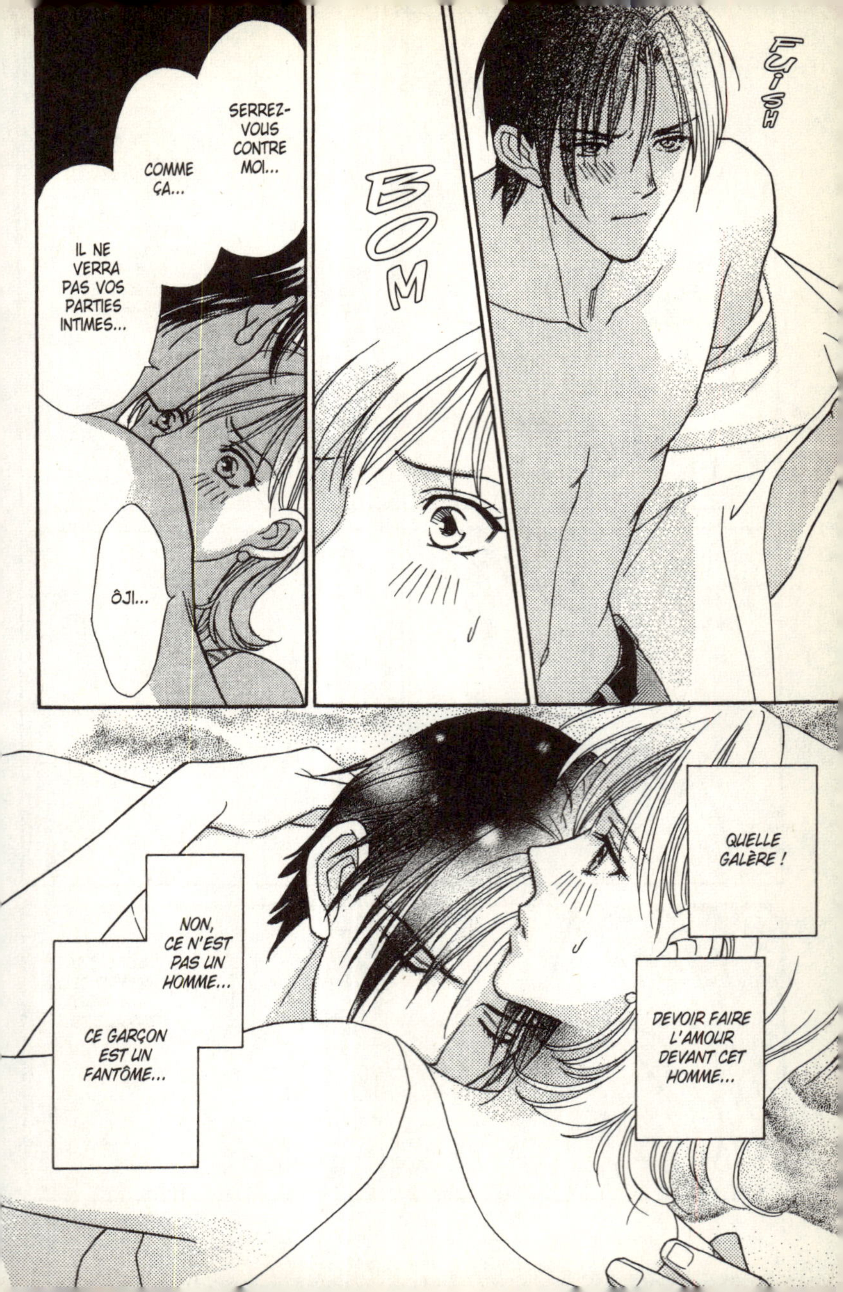
FUISH
BOM
SERREZ-VOUS CONTRE MOI...
COMME ÇA...
IL NE VERRA PAS VOS PARTIES INTIMES...
ÔJI...
QUELLE GALÈRE !
DEVOIR FAIRE L'AMOUR DEVANT CET HOMME...
NON, CE N'EST PAS UN HOMME...
CE GARÇON EST UN FANTÔME...

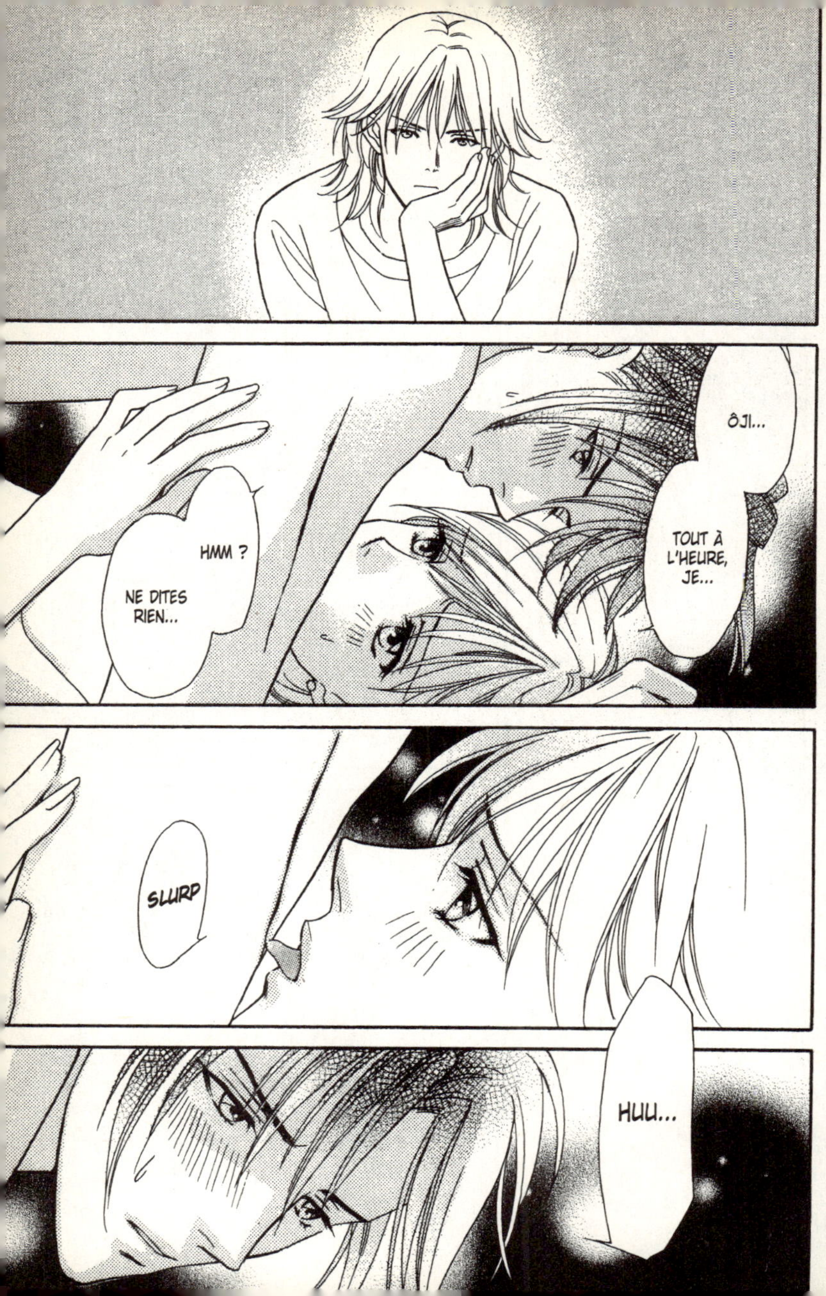
ÔJI...
TOUT À L'HEURE, JE...
HMM ?
NE DITES RIEN...
SLURP
HUU...

NAÉKO...
JE SUIS DÉSOLÉE POUR TOUS...
CES ENNUIS...

BON ! À POIL VOUS DEUX !
ENLÈVE ÇA, TOI !
ZAAAAM
TAP TAP
WHAAA !
OH ! T'ES BIEN MEMBRÉ, DIS DONC !
WHAAA !
T'AS PAS LE DROIT DE REGARDER !
SPLICK
WHAAAA !
TU VAS ARRÊTER DE NOUS MATER OUI OU MERDE !
ZING ! ZING ! ZING !
NAÉKO ! LÂCHEZ-MOI LE... S'IL VOUS PLAÎT !
ARGH !
HUU !

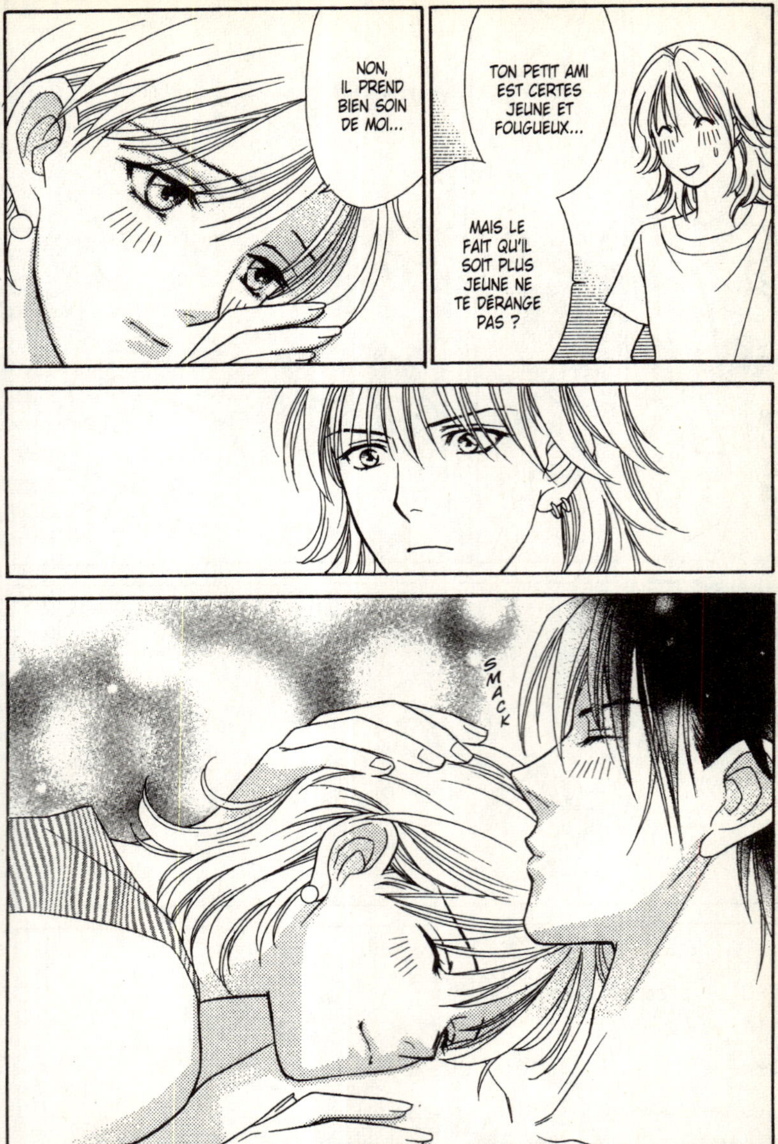
TON PETIT AMI EST CERTES JEUNE ET FOUGUEUX...
MAIS LE FAIT QU'IL SOIT PLUS JEUNE NE TE DÉRANGE PAS ?
NON, IL PREND BIEN SOIN DE MOI...
SMACK

PFUUU !
VOUS M'ÉNERVEZ...
JE VAIS ME DÉBARRASSER DE VOUS...
NON NON ! NE BOUGEZ PAS COMME ÇA, SINON, JE...
OUI MAIS T'AS QU'À PAS BANDER, C'EST TOUT !
HAAA !
HAA...
DITES...
UNE MINUTE S'IL TE PLAÎT, ON TERMINE NOTRE HUITIÈME FOIS...
TCHUIP
HAAA ! AAAH !
....

HA HA HA
BAH, APRÈS TOUT...
VOUS POUVEZ ÉCOUTER CE QUE J'AI À DIRE ?
TU PARLES, ILS ONT MIEUX À FAIRE...
MOI AUSSI, MA PETITE AMIE ÉTAIT PLUS ÂGÉE...
ENFIN, JE NE LUI AI JAMAIS DIT QUE JE L'AIMAIS DONC CE N'ÉTAIT PAS VRAIMENT MA COPINE...
ELLE AVAIT UNE FORTE PER-SONNALITÉ MAIS ELLE ÉTAIT SENSIBLE...
ELLE PASSAIT SON TEMPS À ME RÉPRIMANDER SUR MON LOOK...
LE JOUR OÙ J'AI VOULU LUI AVOUER MES SENTI-MENTS...
SA VIE A ÉTÉ EMPORTÉE DANS UN ACCIDENT...

IL... IL A DISPARU ?

AAAH ! ILS SONT LÀ !
TOUT À L'HEURE, VOUS ÉTIEZ CACHÉS ?!?
VOUS POUVEZ ME DIRE CE QUE VOUS FAITES, LÀ ?
HEU...
PARDON DE VOUS AVOIR DIT MAMIE...
VOUS RESSEMBLEZ À LA FEMME QUE J'AIMAIS...
C'EST POUR ÇA QUE JE ME SUIS MONTRÉ, POUR LA PREMIÈRE FOIS...
MOI AUSSI, JE VAIS PRENDRE SOIN DE CETTE FILLE...
JE VAIS LUI FAIRE L'AMOUR POUR L'ÉTERNITÉ ...

SALUT !
SOYEZ HEUREUX ! SOYEZ-LE POUR MOI…
AH !
UNE ÉTOILE FILANTE !
PFIOU !
QUELLE DRÔLE DE SOIRÉE, HEIN ?
OUI, JAMAIS ON NE M'AVAIT FAIT FAIRE DE TELLES CHOSES…
ぐったり
TCHUP
CE GARÇON…
POURQUOI EST-IL RESTÉ DANS L'ÉCOLE ?
TOUT À L'HEURE, J'AI POSÉ LA QUESTION À GONDA…

IL PARAÎT QUE LE JOUR OÙ IL S'EST DONNÉ LA MORT...
L'ÉTUDIANTE QUI FAISAIT SON STAGE AU LYCÉE POUR DEVENIR PROFESSEUR S'EST TUÉE DANS UN ACCIDENT...
....
JE VOIS...
C'ÉTAIT DONC ÇA...
TCHOP
CE N'EST PAS GRAVE...
VOUS POUVEZ VOUS MOUCHER SUR MA MANCHE...
SNIF
RENTRONS VITE !
ET CONTINUONS CE QU'ON FAISAIT !
HA HA

Fin du chapitre 11

LES POTINS DE LA SÉRIE 6

12 Gêne contenue

*Ôji récite d'anciennes prières et incantations bouddhiques.

IL CONNAÎT DES CHOSES D'UN AUTRE TEMPS...
OH, ÇA A L'AIR BON, ÇA ! ♡
VLASH !
PFUU, J'VOUS JURE !
SAVEZ-VOUS CE QUE VOUS RISQUEZ SI VOUS PILLEZ UNE OFFRANDE ?
NOUS SOMMES DANS LA SEMAINE DE COMMÉMORATION DES DÉFUNTS ET CES OFFRANDES SONT SACRÉES !
URGH
IL PARLE PARFOIS COMME UN VIEILLARD...
BON ! EH BIEN JE SORS M'AMUSER !
MADAME YURIKO, C'EST BIEN DE SORTIR AVEC VOTRE PETIT AMI MAIS VOUS DEVRIEZ AU MOINS VOUS RECUEILLIR UNE FOIS SUR LA TOMBE DE VOTRE MARI...
.....
C'EST LE MONDE À L'ENVERS, QUOI...
......

ÔJI... ♡
NAÉKO...
ZUP
GNUUUSH
QUOI ENCORE ?!?
PAS CETTE SEMAINE !

VOTRE GRAND-PÈRE ET VOS DEUX PARENTS SONT DÉCÉDÉS...
PAS BIEN !
PAS BIEN !
くどくど
IL Y A TOUT JUSTE DIX ANS DANS UN ACCIDENT DE LA ROUTE, NON ?
VOUS DEVEZ DONC UNIQUEMENT TOURNER VOS PENSÉES VERS EUX CETTE SEMAINE !
HAAA
OUI MAIS CE N'EST PAS UNE RAISON POUR NE PAS FAIRE CRAC CRAC, NON ? ♡
PFUU !
AH LÀ LÀ...
VOUS N'ÊTES VRAIMENT PAS CAPABLE DE VOUS RETENIR UN INSTANT, VOUS...
QU...
QU...
QU...

ATTENDEZ QUE LA PÉRIODE DE DEUIL SE TERMINE !
APRÈS, JE VOUS PROMETS DE VOUS FAIRE L'AMOUR COMME VOUS VOUDREZ...
くす
HO HO
ぬうーっ
GRRR
COMMENT DIRE...
DEPUIS UN PETIT MOMENT...
J'AI L'IMPRESSION QU'ÔJI ME REGARDE UN PEU TROP DE HAUT...
PFU, IL EST LE SEUL À PIONCER !
ZZZ

MOI QUI CROYAIS QUE LES JEUNES DE SON ÂGE ÉTAIENT INNOCENTS ET TIMIDES...
BEN VOYONS...
ILS SONT NORMALEMENT FOUS DE LEUR PREMIÈRE CONQUÊTE ! SURTOUT SI ELLE EST PLUS ÂGÉE ET AUSSI CANON QUE MOI !
ALORS, QU'EN EST-IL ?
PSHAAAA
JE... JE VOUS AIME MAIS... JE...
JE NE SAIS PAS COMMENT M'Y PRENDRE...

NE T'EN FAIS PAS, JE VAIS T'APPRENDRE COMMENT FAIRE...
MERCI...
LA MUSIQUE EST DE GAINSBOURG...
VOILÀ ! NORMALEMENT, C'EST ÇA LA RÉALITÉ !
HÉ ! IL EST TEMPS DE VOUS METTRE AU BOULOT !
NOUS SOMMES DÉSOLÉS D'INTERROMPRE VOTRE PROGRAMME. VOICI LES DERNIÈRES INFOS CONCERNANT LA TEMPÊTE...
MÉTÉO
LE TYPHON AU LARGE DU PACIFIQUE A CHANGÉ DE DIRECTION ET SE DIRIGE DÉSORMAIS AU NORD DE LA PÉNINSULE D'IZU...
CE SOIR VERS 21H00, IL SE POURRAIT QU'IL ATTEIGNE TOKYO ET SA RÉGION. NOUS NE MANQUERONS PAS DE VOUS TENIR INFORMÉ DE L'ÉVOLUTION DE SA TRAJECTOIRE...
ザァァ
PSHAAA
HMM, ÇA RISQUE D'EMPIRER ! J'ESPÈRE QUE ÇA NE STOPPERA PAS LES TRAINS...

ON AURA PEU DE CLIENTS AUJOURD'HUI...
FERMONS L'AGENCE PLUS TÔT...
YEAH !
NAÉKO, VOUS AVEZ BEAUCOUP DE RETARD ALORS VOUS RESTEREZ...
BON ! À PLUS !
FERMEZ BIEN LES FENÊTRES EN PARTANT, PATRON ÔJI !
HÉ ! MAIS C'EST MOI LE PATRON, ICI !
PATRON
HUUU
PSHAAAA

田駅
CHERS USAGERS, POUR CAUSE DE VOIES INONDÉES, NOUS SOMMES CONTRAINTS DE STOPPER LE SERVICE...
TROIS HEURES DE QUEUE POUR LE BUS ET LE TAXI
ごおおお
BROOOOH
À CAUSE DE TOI, ON NE PEUT PLUS RENTRER À LA MAISON !
ET T'AS VU NOS PARAPLUIES ?
OUI MAIS SI VOUS BOSSIEZ PLUS VITE...
おおおお
FIUUUUSH

TANT PIS ! RETOURNONS AU BUREAU !
QUOI ? TU VEUX MARCHER JUSQU'À LÀ-BAS ? ON VA CHOPPER LA CRÈVE !
OK, ALORS TROUVONS UNE CHAMBRE DANS UN HÔTEL !
PFU ! CE SERA PLEIN !
FAIT CHIER CE PARAPLUIE
SI ! NAÉKO ! C'EST MARQUÉ "CHAMBRES DISPOS" ICI !
C'EST UN LOVE HOTEL, ÇA !
LOVE HOTEL OU PAS, NOUS N'AVONS GUÈRE LE CHOIX !
ゴロゴロゴロゴロゴロ
BROOOOOOOH

HOTEL
ぷち
HOTEL ぷち
カッ
CRAAACK
ザーッ
PSHAAA

PFIOU ! HÉ BIEN !
ÇA FAIT DU BIEN D'ÊTRE AU SEC !
……
TIENS ÔJI, UNE SERVIETTE !
OU ALORS ALLONS PLUTÔT PRENDRE UN BON BAIN CHAUD !
……

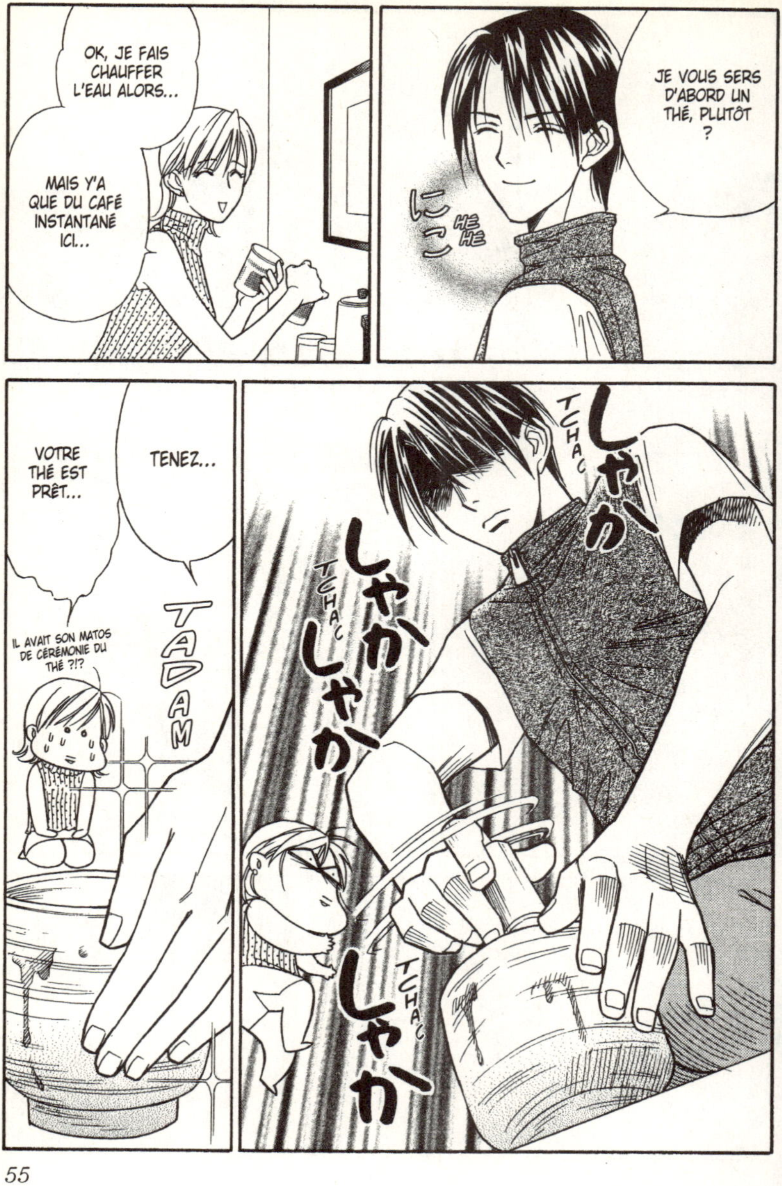

JE VOUS SERS D'ABORD UN THÉ, PLUTÔT ?
にこっ
HÉ HÉ
OK, JE FAIS CHAUFFER L'EAU ALORS...
MAIS Y'A QUE DU CAFÉ INSTANTANÉ ICI...
しゃかしゃか
TCHAC
しゃかしゃか
TCHAC
しゃか
TCHAC
TENEZ...
VOTRE THÉ EST PRÊT...
TADAM
IL AVAIT SON MATOS DE CÉRÉMONIE DU THÉ ?!?

SLUUURP
ALLONS PLUTÔT PRENDRE UN BAIN, VOYONS !
JE ME SENS MAL AVEC MES FRINGUES HUMIDES...
JE VOUS EN REFAIS UN, N'EST-CE PAS ? ♡
NON NON ! ÇA IRA !
RANGE TES TRUCS, LÀ !
TCHAC
MAIS TU VAS ATTRAPER FROID !
OUI MAIS ALORS SANS MOI PARCE QUE...

HEU, J'AI MES MENSTRUATIONS ET...
AH, JE VOIS...
ÔJI...
TU AS L'AIR TRÈS GÊNÉ...
N'EST-CE PAS ?

HEIN ? ET POURQUOI CROYEZ-VOUS QUE C'EST LA PREMIÈRE FOIS QUE JE RENTRE DANS...
CE N'EST PAS CE QUE JE TE DEMANDE !
HÉ HÉ, C'EST DONC LA PREMIÈRE FOIS QUE TU ENTRES DANS UN LOVE HOTEL...
T'ES TROP MIGNON ! ♡
ZAAASH

NOUS... NOUS SOMMES VENUS ICI UNIQUEMENT POUR NOUS PROTÉGER DE LA PLUIE, DONC...
JE...
JE NE SUIS PAS ICI POUR ÇA...
CHUT... ♡
ÔJI...

MAIS POURQUOI ?!?
IL NE FAUT PAS ! C'EST AUJOURD'HUI QU'EST MORT…
QUI ÇA ?
LE CANARI DE MA MÈRE…
SHRiiiC
MAIS PUISQUE JE VOUS DIS QUE JE NE SUIS PAS LÀ POUR ÇA !!!
TAP-TAP-TAP
TAP-TAP-TAP
ESPÈCE DE SALE GOSSE MAL ÉLEVÉ ! TU TE CROIS OÙ, ALORS !
ZUUUSH

REGARDE LES VIDÉOS PORNOS DE L'HÔTEL ALORS ! ÇA VA TE CHAUFFER !!!
うわあああっ
WHAAA !
NON, JE NE VEUX PAS VOIR ÇA !!!
FICHEZ-MOI LA PAIX !
ALORS JE VAIS CHANTER AU KARAOKÉ JUSQU'À CE QUE TU ABANDONNES !
ぱっ
ZAAAM
ELLE CHANTE ULTRA FAUX →
JE TE TIENS !

ああああああ
WHAAA !
HA HA ! TU N'AS PLUS QU'À ENFILER CETTE CAPOTE OFFERTE PAR LA MAISON !
À MOI TON SLIP !!!

HÉ HÉ HÉ...
IL EN AVAIT MIS DEUX...
C'EST PAS DU JEU !!!
TAP TAP TAP
HA HA HA
HMM?
SPLAF
NAÉKO ?
VOUS ABANDONNEZ ?
JE...
OUI ?

JE SUIS FATIGUÉE D'ÊTRE PLUS ÂGÉE QUE TOI...
POU...
POURQUOI ?

JE ME TROUVE TOTALEMENT RIDICULE…
JE SUIS LA SEULE À M'ENFLAMMER…
TU ES PLUS ADULTE QUE MOI, EN FAIT…
NAÉKO…
JE VAIS PRENDRE UN BAIN…
TOUT ÇA M'A FAIT TRANSPIRER…
VLAM
PSHHH

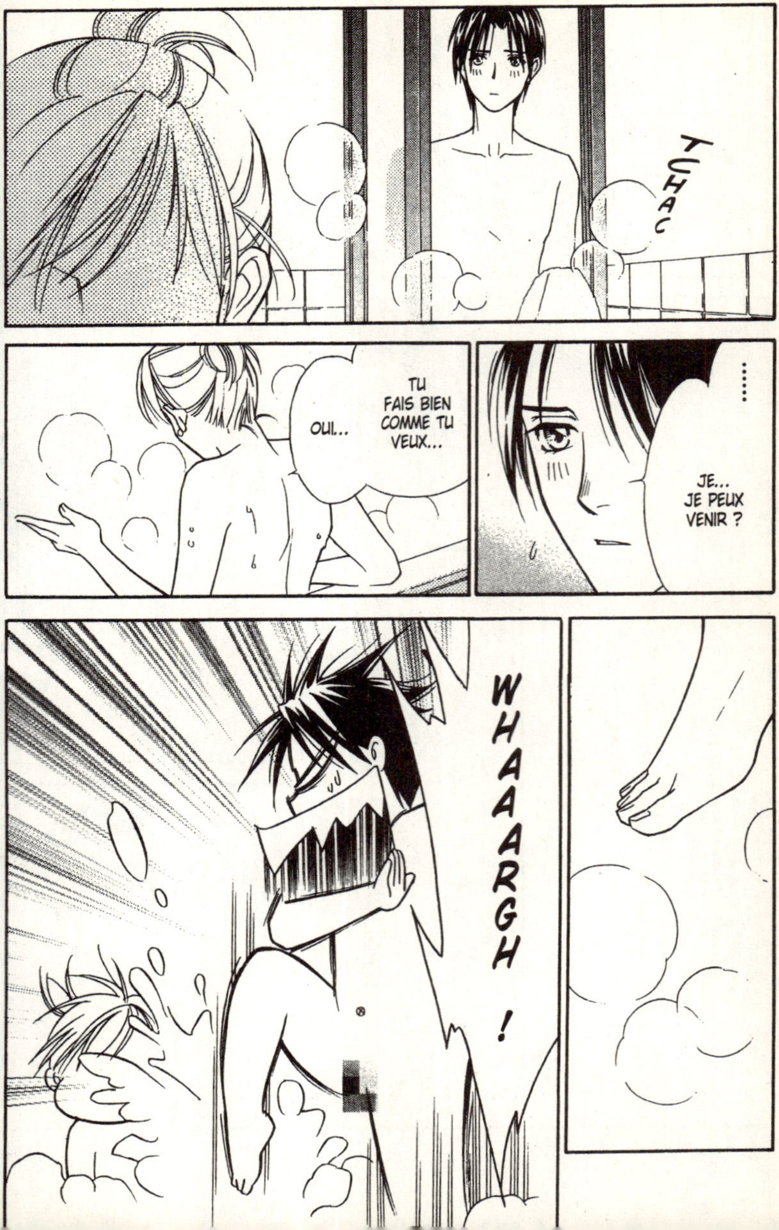
TCHAC
......
JE... JE PEUX VENIR ?
TU FAIS BIEN COMME TU VEUX...
OUI...
WHAAAARGH !

VOUS AVEZ VIDÉ UN WAGON DE LIQUIDE VAISSELLE OU QUOI?
TOUTES CES BULLES...
TU N'AS JAMAIS PRIS DE BAIN DE MOUSSE?
NON...
J'AI L'IMPRESSION D'ÊTRE DE LA LESSIVE...
PLOP PLOP PLOP
HA HA HA !
Y'A QUE DANS CES ENDROITS-LÀ QU'ON PEUT PRENDRE DE TELS BAINS !
À LA MAISON, C'EST PAS POSSIBLE...
DE QUOI ?
JE CONSTATE QUE VOUS ÊTES VENUS PLUSIEURS FOIS DANS CE GENRE D'ÉTABLISSEMENTS AVANT...
JE N'AIME PAS ÇA...

VOUS ÊTES À MOI, NAÉKO !
MAIS... JE...
C'EST DE L'HISTOIRE ANCIENNE TOUT ÇA !
JE N'Y PEUX RIEN...
J'AI CONSCIENCE DE MANQUER D'EXPÉRIENCE...
ET VOUS N'HÉSITEZ PAS À ME LE FAIRE REMARQUER...
VOUS EN CONVIENDREZ, C'EST UNE SENSATION POUR LE MOINS DÉSOBLIGEANTE...

......?
ZE COMPRENDS PAS TOUS LES MOTS...
EN D'AUTRES TERMES !
MOI AUSSI J'AIMERAIS FAIRE L'AMOUR !
MAIS !
JE N'AI AUCUNE ENVIE DE ME MONTRER INCOMPÉTENT DANS CES ENDROITS QUI ME SONT INCONNUS !

TU ES ENCORE UN ENFANT ?
OUI, UN ENFANT...
IL M'EST ARRIVÉ DE RESSENTIR DE LA TRISTESSE ET DE LA FRUSTRATION À CAUSE DE MON ÂGE VIS-À-VIS D'ÔJI...
MAIS DE SON CÔTÉ AUSSI...
ÊTRE BIEN PLUS JEUNE QUE MOI N'A PAS L'AIR D'ÊTRE FACILE À VIVRE...

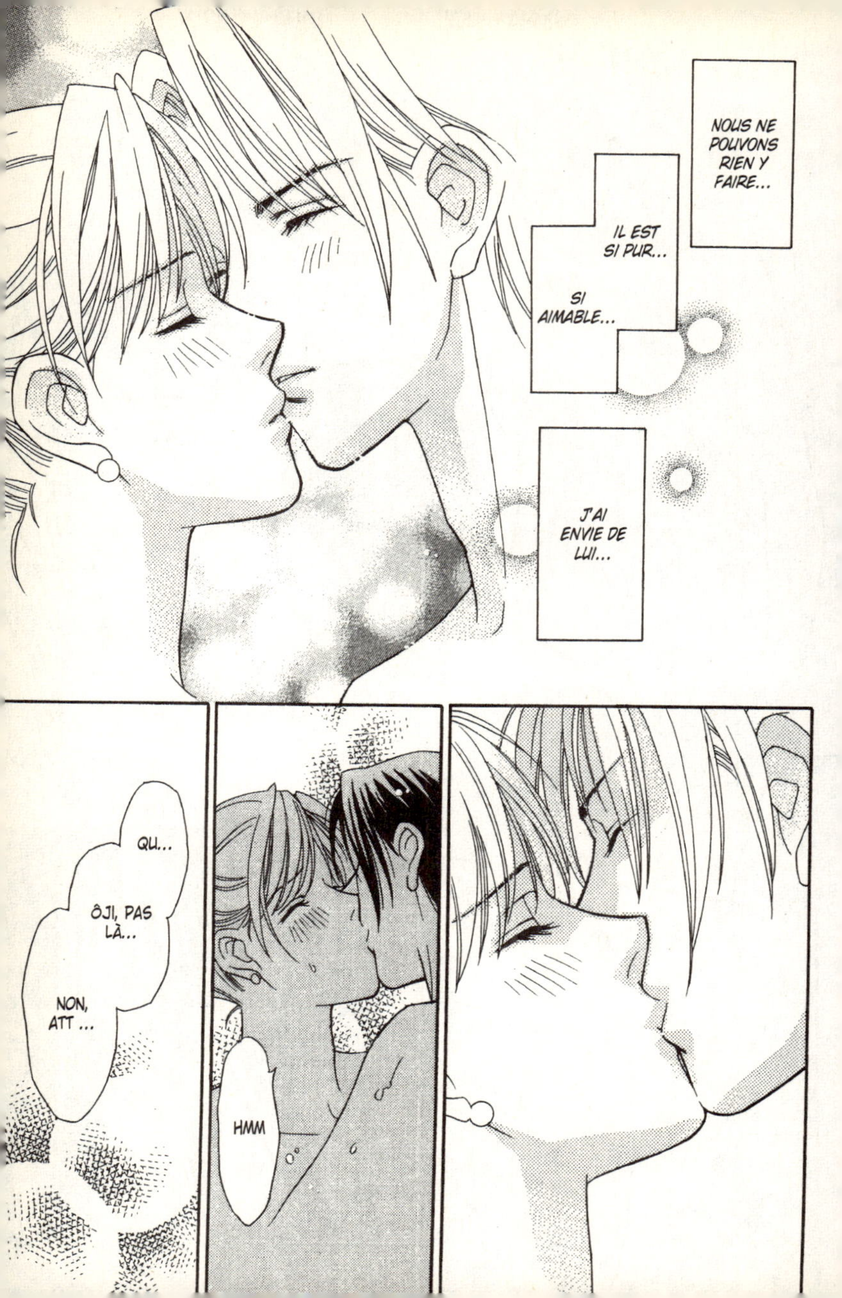
NOUS NE POUVONS RIEN Y FAIRE...
IL EST SI PUR...
SI AIMABLE...
J'AI ENVIE DE LUI...
HMM
QU...
ÔJI, PAS LÀ...
NON, ATT ...

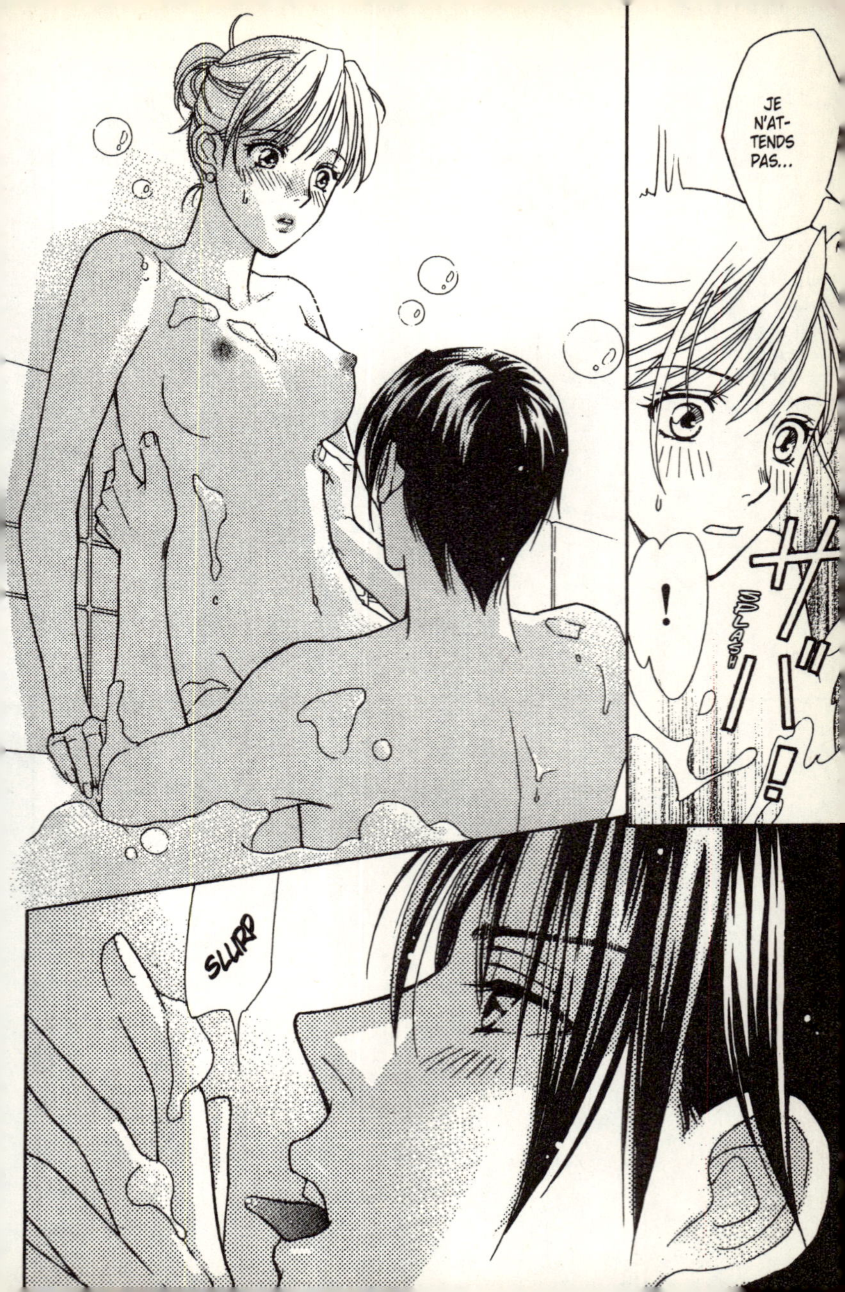
JE N'AT-TENDS PAS...
!
SPLASH
SLURP

QU...
SMACK
SLURP
SMACK
NON...
LE SAVON, C'EST MAUVAIS...
NON...
C'EST DÉLICIEUX...

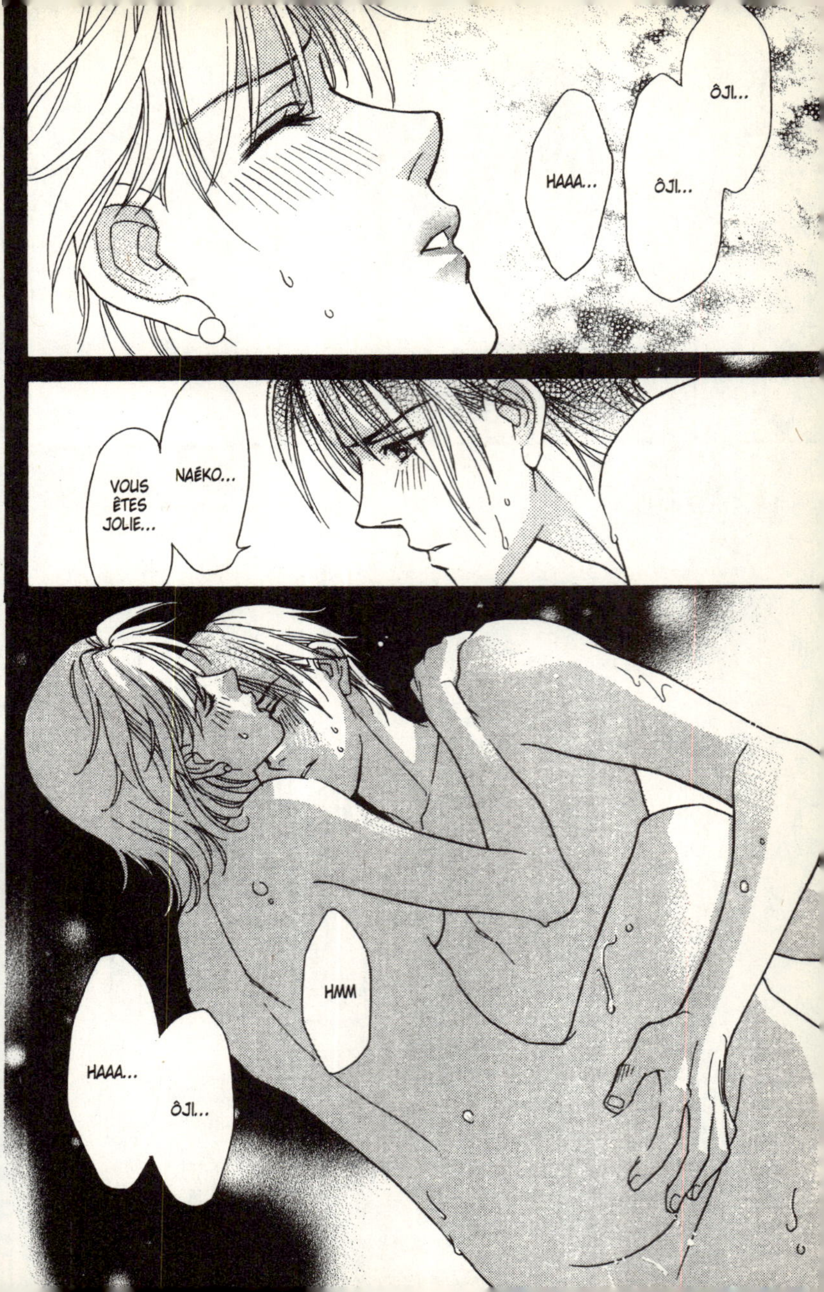
ÔJI...
ÔJI...
HAAA...
NAÉKO...
VOUS ÊTES JOLIE...
HMM
HAAA...
ÔJI...

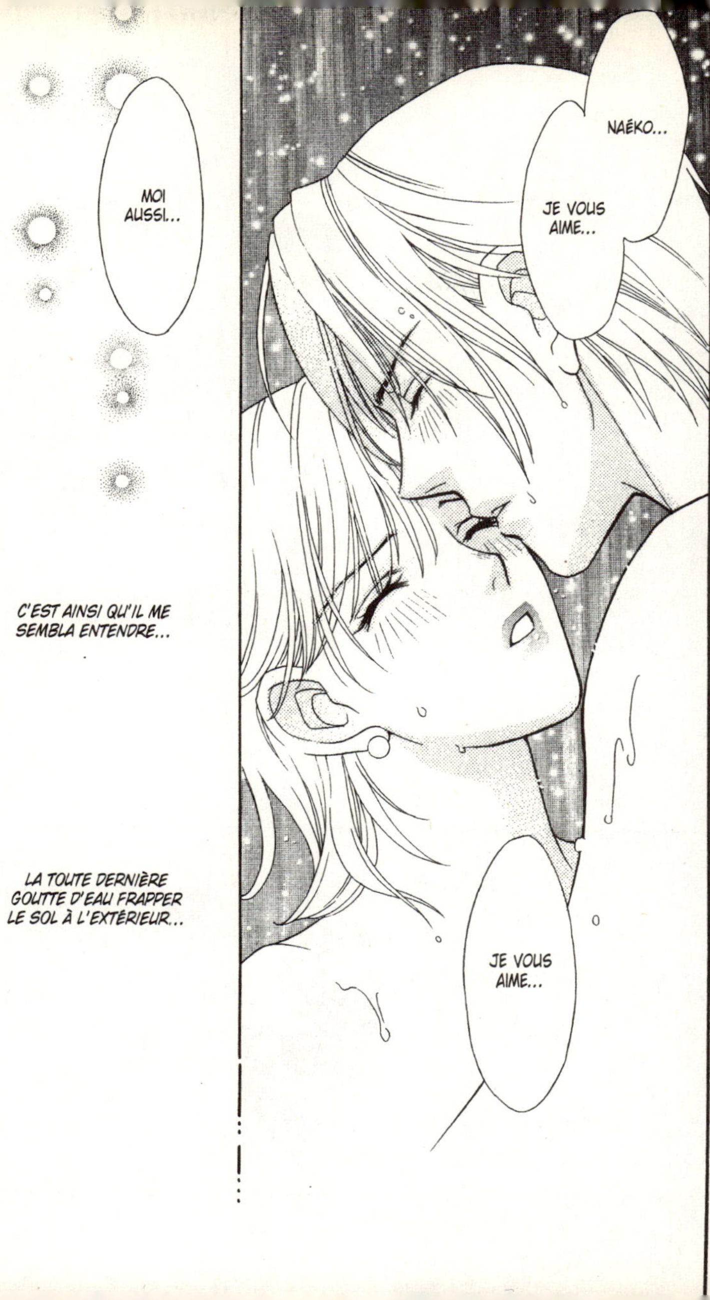
NAÉKO...
JE VOUS AIME...
JE VOUS AIME...
MOI AUSSI...
C'EST AINSI QU'IL ME SEMBLA ENTENDRE...
LA TOUTE DERNIÈRE GOUTTE D'EAU FRAPPER LE SOL À L'EXTÉRIEUR...

Fin du chapitre 12

13 Trick or Treat

BONJOUR !
BIENVENUE ! VOUS VENEZ POUR UNE INSCRIP...
TION ?

S'IL VOUS PLAÎT, DONNEZ-MOI VOTRE NOM ET VOTRE MAIL ! JE VOUS INVITE À DÎNER ET À PASSER UNE NUIT À L'HÔTEL !
ZAAAAM
WHAAAA !
わあ
MAIS C'EST MOI IMBÉCILE ! TU NE ME RECONNAIS PAS ?
ÔJI !
HEIN ?

B'JOUR TOUT L'MON-DE!
ÔJI ?!?
ÔJI ???
ALORS, CETTE FÊTE DE L'ÉCOLE ?
TRALALA
UN VRAI SUCCÈS !
DANS CETTE TENUE, LE VIOC' A PERMIS DE FAIRE SALLE COMBLE DANS NOTRE BAR DE CLASSE !
TOUT SON FAN CLUB ÉTAIT LÀ !
ばっ
ZAAASH
NAÉKO !
POURQUOI VOULIEZ-VOUS QUE JE VIENNE ICI DANS CES HABITS ?

PARCE QU'À CAUSE DU BOULOT, JE N'AI PAS PU TE VOIR PENDANT LA FÊTE !
COMME TOUJOURS, VOUS N'ÉCOUTEZ QUE VOS ENVIES À VOUS !
IL EST BELLE EN FILLE !
JE VOUS VENDS SA PHOTO 500 YENS !
わな WAHAAA
わな WAHAAA
ET DIRE QUE MOI... J'AI...
FANTASMÉ SUR MON FRÈRE !!!
LA HONTE !!!
NAAAAN !!
OUI, VA DONC MOURIR EN ENFER...
DÉJÀ LÀ ?
SPLAP

ÔJI, APPORTE TROIS THÉS DANS MON BUREAU S'IL TE PLAÎT…
ALLEZ, ÇA TE VA SI BIEN ! GARDE ÇA ENCORE UN PEU ! ♡
SPLAF
HAAA
PLUS VITE QUE ÇA !
NAÉKO, VIENS AUSSI !
……!
MONSIEUR SAKISAKA ?

C'EST UN MEMBRE ?
TU NE LE CONNAIS PAS, ÔJI ?
CE N'EST PAS UN CLIENT FACILE...
VOUS TENEZ DONC TANT QUE ÇA À VOUS RETIRER DE NOTRE AGENCE ?
OUI...
MAIS M.SAKISAKA ! VOUS N'ÊTES LÀ QUE DEPUIS SIX MOIS ET...
OUI, SIX MOIS !
ET POURTANT, JE SUIS ENCORE...

HAAA
RATER VINGT ENTREVUES AVEC DES FEMMES, ÇA ARRIVE TOUT LE TEMPS !
NON, JE N'EN SUIS QU'À 19 !
JE SUIS UN MINABLE. JE NE SAIS PAS COMMENT ME COMPORTER AVEC LES FEMMES...
J'EN AI BIEN CONSCIENCE ! JE SUIS BIZARRE, JE N'AI AUCUNE CONVERSATION ET DEVANT LE SEXE OPPOSÉ, J'AI TELLEMENT LE TRAC QU'AUCUN MOT NE SORT DE MA BOUCHE...
ET LES FEMMES DÉTESTENT ÇA !

ET QUE DIRIEZ-VOUS DE PARTICIPER À NOTRE PROCHAIN SÉMINAIRE ?
NOUS ALLONS DONNER DES CONSEILS ET DES EXPLICATIONS SUR TOUTES CES CHOSES LÀ...
RHAAA !
ET DEVANT MOI, VOUS N'AVEZ PAS LE TRAC ?
AH BON ? VOUS ÉTIEZ UNE FEMME, VOUS ?
NON ! DE TOUTE FAÇON, CE SERA INUTILE...
WHAAA !
SBRAAACK
ZAAAM
AH...
KLONG KLONG

JE... JE VOUS DEMANDE PARDON ! JE VAIS NETTOYER TOUT DE SUITE !
ZAAAASH
N'Y TOUCHEZ PAS ! VOUS ALLEZ VOUS BLESSER !
FUIP
!
DU THÉ SUR VOTRE MANCHE !

......
NOBORU SAKISAKA, 28 ANS
IL A TOUJOURS ÉTUDIÉ DANS DES ÉCOLES POUR GARÇONS ET TRAVAILLE DANS UN ENVIRONNEMENT TRÈS MASCULIN...
FUIP FUIP
IL SOUHAITE TROUVER UNE ÉPOUSE MAIS SON INCROYABLE MÉCONNAISSANCE DES FEMMES FAIT DE LUI UN CAS À PART...

DONC LE PROBLÈME ...
C'EST DE SAVOIR COMMENT LUI ARRANGER UN COUP JUSQU'AU MARIAGE !
HMM...
TOUT D'ABORD, VOUS N'AVEZ PAS D'AUTRES CHOIX QUE DE L'HABITUER AU CONTACT DES FEMMES...
NON ?
MOI JE L'AIME BIEN CE MONSIEUR ! IL A L'AIR SINCÈRE !
J'AIMERAIS BIEN LUI APPORTER MON AIDE.
J'ÉTAIS SÛRE QUE TU TE PROPOSERAIS, ÔJI !

AH BON ? COMMENT ÇA ?
PSHA AAC !
C'EST BON LES GARS !!!
!?
REGARDEZ LA ROBE QUE JE LUI AI ACHETÉE !
ET LES JOLIES CHAUSSURES ! ♡
JE M'OCCUPE DU MAQUILLAGE ! ♡
QU... MAIS...
QUE... !
BON COURAGE ! C'EST TOI QUI VAS AIDER MONSIEUR SAKISAKA À S'HABITUER AUX FEMMES !

AUTANT QUE JE SACHE, TU ES LA SEULE FILLE À QUI MONSIEUR SAKISAKA AIT ADRESSÉ LA PAROLE !
TU AS DIT QUE TU VOULAIS L'AIDER, NON ?
DAAAAM
HEIN ?!? MOI ?!?
!?
ET VOILÀ LE TRAVAIL !

JE VOUS PRÉSENTE ÔKO ! C'EST ELLE QUI VA VOUS AIDER !
HAAA
OU... OUI...
VOUS ALLEZ VOUS ENTRAÎNER AVEC ELLE POUR PARLER AUX FEMMES.
JE SUIS SÛRE QU'ELLE VOUS SERA TRÈS UTILE !
HAAA !
BYE !

Ô... KO...
C'EST BIEN VOTRE NOM ?
HEU OUI ! JE M'APPELLE ÔKO !
HI HI !
← RIRE DE FEMME ?
VOUS AIMEZ PORTER LES KIMONOS ?
ÇA VOUS VA TRÈS BIEN...
TRÈS BIEN !
CONTINUEZ !
JE DÉTESTE LES FLAGORNERIES !
JE NE MENS JAMAIS !

JE SAVAIS QUE VOUS ÉTIEZ UN HOMME SINCÈRE...
HEU...
MERCI...
PARLONS DE TOUT ET DE RIEN...
DITES-MOI D'ABORD CE QUE VOUS AIMEZ DANS LA VIE...

LA LECTURE ET LA NATATION...
VOILÀ...
OH !
GOOD !
ÇA SE PASSE BIEN !
J'AI BIEN FAIT DE CONFIER À ÔJI CETTE MISSION !

OH, VOUS PORTEZ UNE ROBE ?
ZUT ! MOI QUI PENSAIS QUE VOUS ME FERIEZ UNE CÉRÉMONIE DU THÉ…
AH OUI ? C'EST PLUTÔT MOI QUI VOULAIS M'EN FAIRE SERVIR UN !
ÇA FAIT TROP DE MOUSSE, LÀ…
OUI OUI, TOUT DE SUITE !
TCHAC TCHAC
HÉ HÉ
ON DIRAIT QU'IL A MOINS LE TRAC…
IL A L'AIR PLUS DÉTENDU…
SA FAÇON DE REGARDER ÔJI EST…

EST... HEU...
OH NON ! LA BOURDE !!!
AH BON ? VOUS TROUVEZ SON REGARD ÉTRANGE ?
OUI, JE NE SAIS PAS TROP COMMENT L'EXPLIQUER MAIS OUI...

くす
HÉ HÉ
VOUS VOUS FAITES DES IDÉES !
ET SINON, VOUS TROUVEZ COMMENT MA TENUE DE DEMAIN ?
RHO LÀ LÀ ! C'EST TROP SERRÉ À LA TAILLE ! JE DOIS FAIRE UN RÉGIME ! OH LÀ LÀ !
OUI BON ÇA VA, MAINTENANT ! REDEVIENS UN HOMME !
SMACK
HAA...

ÔJI...
NAÉKO...
HEU...
TU VEUX BIEN EN METTRE UN ?
UN QUOI ?
....!
JE N'Y ARRIVE PAS ENCORE TOUT SEUL...
TU DOIS LE PRENDRE PLUS BAS ...

C'EST PAS DE ÇA QUE JE TE PARLE !
AH BON ?
C'EST PAS LE BON SOUTIEN GORGE ? ♡
OH ! NAÉKO ! MAIS C'EST MA PETITE CULOTTE ÇA ! OH LÀ LÀ !
TU VEUX MON POING DANS LA GUEULE ?!?

IL VA FALLOIR TROUVER UNE SOLUTION AVANT DE FRANCHIR LE POINT DE NON RETOUR...
TRA LA LA !
JUSQU'OÙ IRA-T-IL...
VLAM !
ET LUI TROUVER UNE FEMME VITE FAIT !

ELLE EST BELLE, N'EST-CE PAS ?
JE PENSE QUE VOUS ÊTES PRÊT POUR UN NOUVEAU RENDEZ-VOUS !
......
......!
JE NE PEUX PAS...
COM-MENT ?
JE SAVAIS QUE JE DEVAIS ME RETIRER...
LAISSEZ-MOI ANNULER MA CANDI-DATURE !

ÔKO...
C'EST... C'EST...
DE MA FAUTE ?
JE N'AI PAS ÉTÉ À LA HAUTEUR ? JE N'AI PAS RÉUSSI À VOUS DONNER PLUS D'ASSURANCE ENVERS LES FEMMES ?
NON ! AU CONTRAIRE ! C'EST JUSTEMENT PARCE QUE TU ES LÀ !
PARCE QUE JE...
SUIS LÀ ?

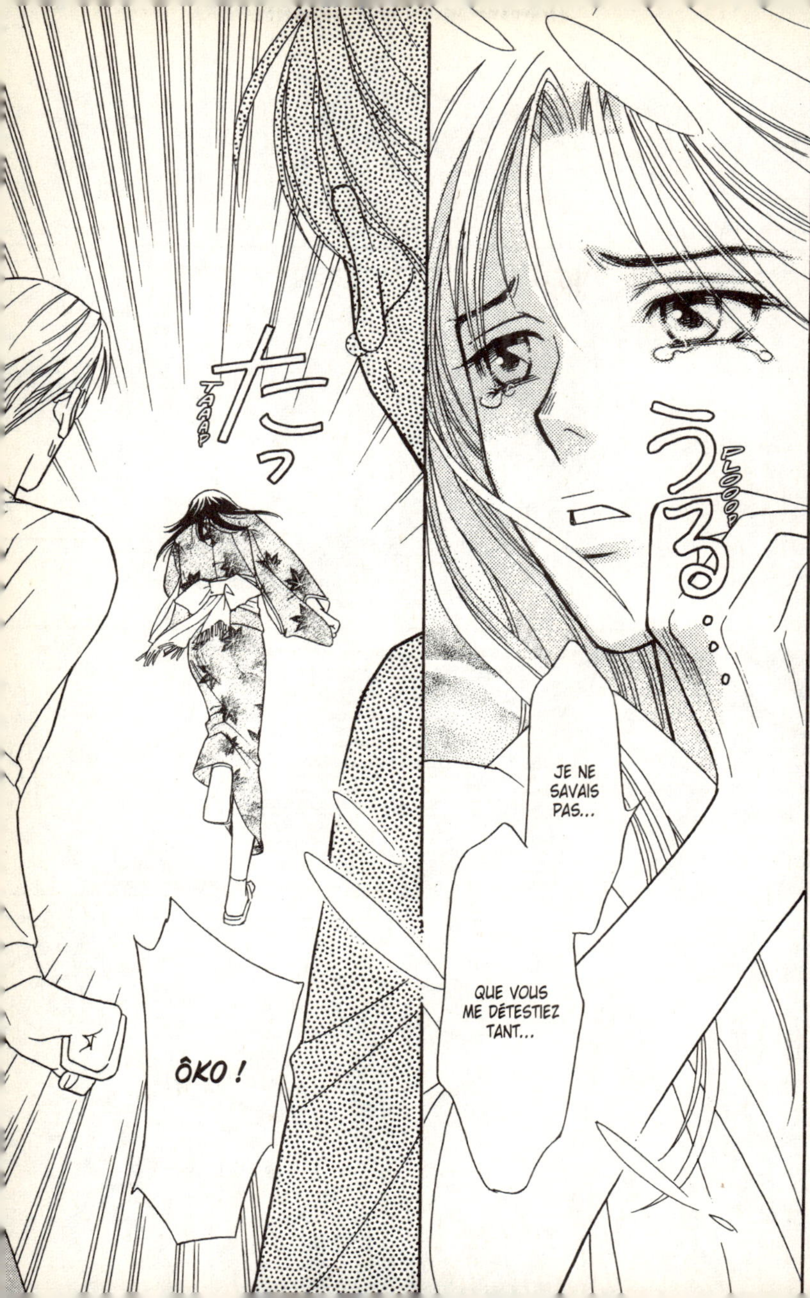
うる…
PLOOOOP
JE NE SAVAIS PAS…
QUE VOUS ME DÉTESTIEZ TANT…
たっ
TAAAP
ÔKO !

ATTENDEZ ! ÔKO ! MONSIEUR SAKISAKA !
NON ! TU TE TROMPES, ÔKO !
JE SUIS NULLE !
JE NE SERS À RIEN ! JE SUIS UNE INCAPABLE !
NON, JE DOIS TE DIRE QUE...
MONSIEUR...
世界の中心で
Y A DES LIMITES...
HÉ LÀ ! PAS SI VITE !!!
叫んじゃダメ
... À NE PAS FRANCHIR !

RHAAAAAAAAA!
GNAAAAP
グッ

TCHOP !
ÔKO...
OU PLUTÔT... QUEL EST TON VRAI NOM D'HOMME ?

JE NE PEUX DÉCIDÉMENT PAS TE LAISSER..
T'HABILLER COMME ÇA PLUS LONGTEMPS ...
MONSIEUR ...
VOUS LE SAV...
JE FAISAIS SEMBLANT DE NE PAS SAVOIR CAR J'AIMAIS BIEN VENIR ICI, JE PASSAIS DES MOMENTS AGRÉABLES.
MAIS CONTINUER TE PORTERAIT PRÉJUDICE...
JE DONNE MA DÉMISSION...

ATTENDEZ ! NON, C'EST DE MA FAUTE ! VEUILLEZ ME PARDONNER ET RECONSIDÉRER VOTRE...
MADE-MOISEL-LE...
JE N'OUBLIERAI PAS LES EFFORTS QUE VOUS DÉPLOYEZ POUR MOI...
J'AI ESSAYÉ DE TROUVER UNE ÉPOUSE RAPIDEMENT...
MAIS JE N'AI JAMAIS FAIT L'EFFORT DE VOULOIR LE BONHEUR D'AUTRUI, DES GENS QUE JE CÔTOIE TOUS LES JOURS...
C'EST POURTANT PAR LÀ QUE TOUT COMMENCE...

GRÂCE À VOUS, J'AI OUVERT LES YEUX !
MERCI !

VOUS AVEZ LAISSÉ PARTIR UN MEMBRE ?!? CE SERA RETENU SUR VOTRE PRIME !
OUI BON...
VOUS CROYEZ QUE...
MONSIEUR SAKISAKA A PERDU L'ENVIE DE SE MARIER ?
MAIS NON IDIOT ! IL A EU LE COURAGE DE RESTER TOUT CE TEMPS AVEC TOI DÉGUISÉ EN NANA !
IL N'A PLUS PEUR DE RIEN !

Fin du chapitre 13

LES POTINS DE LA SÉRIE 7

14

Question de choix (1ère partie)

TU ME TROUVES COMMENT ?
TU PENSES QUE ÇA IRA DANS CETTE TENUE ?
TU N'AURAS PAS HONTE D'AVOIR...
UNE REPRÉSENTANTE COMME MOI ?

NE VOUS EN FAITES PAS NAÉKO. VOUS ÊTES DIGNE DE PASSER POUR MA MÈRE.
AH OUI ?
TANT MIEUX ALORS...
HEIN ? MAIS QUE VEUT-IL DIRE PAR LÀ ?
PERSONNES SUIVANTES, S'IL VOUS PLAÎT ! MONSIEUR TSUBAKI...
C'EST AUJOURD'HUI LA RENCONTRE DES PROFS AVEC LES PARENTS D'ÉLÈVES...
CE PETIT ÉVÉNEMENT SERT AVANT TOUT AUX PARENTS À ANNONCER AUX PROFESSEURS L'ORIENTATION QUE LEURS ENFANTS VEULENT PRENDRE POUR LEUR AVENIR. LES PROFESSEURS CONSEILLENT ALORS UNE UNIVERSITÉ À LEUR NIVEAU ET DONNENT DE MULTIPLES CONSEILS.

PENDANT QUE LE PÈRE D'ÔJI EST EN LUNE DE MIEL, C'EST MOI QUI SUIS SA REPRÉSENTANTE...
WHA HA HA ! PARTI À HAWAII AVEC UNE NANA 23 ANS PLUS JEUNE !
MAIS EN FAIT, JE SUIS SA FIANCÉE !
À QUI PARLEZ VOUS ?
BIEN ! À LA MAISON, AVEZ-VOUS DÉJÀ DISCUTÉ DE VOTRE FUTURE ORIENTATION SCOLAIRE ?
HEU... NON...
N'EST-CE PAS !
MAIS IL A DES PROJETS D'AVENIR DÉJÀ BIEN DÉFINIS !
JE VOIS. ÔJI, TU VEUX DONC TRAVAILLER TOUT DE SUITE ? C'EST DOMMAGE...
OUI...

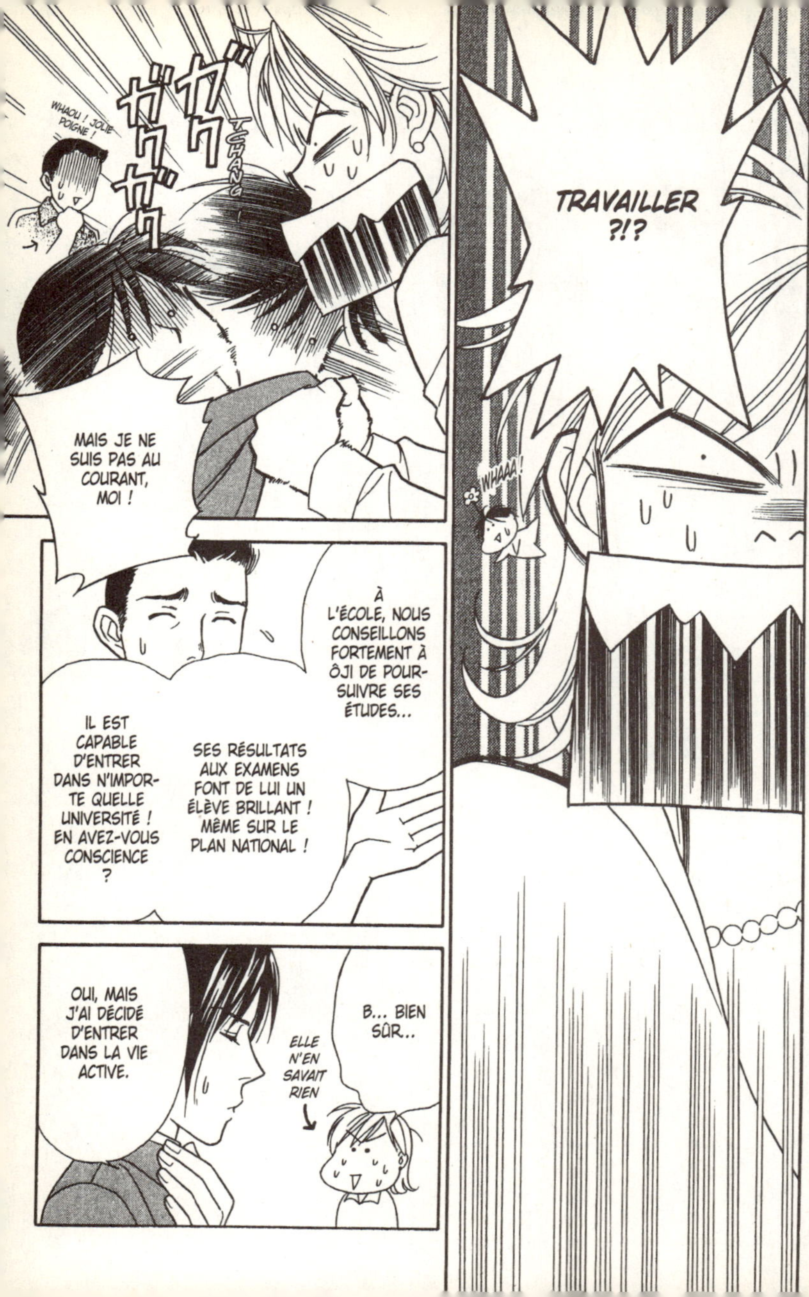
TRAVAILLER ?!?
WHAAA !
TCHANG !
WHAOU ! JOLIE POIGNE !
MAIS JE NE SUIS PAS AU COURANT, MOI !
À L'ÉCOLE, NOUS CONSEILLONS FORTEMENT À ÔJI DE POURSUIVRE SES ÉTUDES...
SES RÉSULTATS AUX EXAMENS FONT DE LUI UN ÉLÈVE BRILLANT ! MÊME SUR LE PLAN NATIONAL !
IL EST CAPABLE D'ENTRER DANS N'IMPORTE QUELLE UNIVERSITÉ ! EN AVEZ-VOUS CONSCIENCE ?
B... BIEN SÛR...
ELLE N'EN SAVAIT RIEN
OUI, MAIS J'AI DÉCIDÉ D'ENTRER DANS LA VIE ACTIVE.

POURQUOI ?
PARCE QUE MON VŒU LE PLUS CHER EST D'ÊTRE FINANCIÈREMENT INDÉPENDANT POUR VOUS ÉPOUSER RAPIDEMENT...
HAA !

HEU...
......
OUI MAIS ÉPOUSER UN MEC QUI N'A QUE SON BAC, NON MERCI !
BOOOM !

だだだだ
TAP TAP
UNE BOMBE ?
QUE SE PASSE-T-IL ?!?
どわっ
BROOOOM
HUUU
M'DAME !
VOUS ME DÉCEVEZ...
VOUS ÊTES LE GENRE DE FEMME À VOUS MARIER AVEC UN CURRICULUM VITAE ?
BROOOH
ゴゴゴゴ

WHAAA !
WHAAA !
NO... NON ! ÔJI!
MAIS TES ÉTUDES N'EMPÊCHERONT PAS NOTRE MARIAGE...
TOUT À FAIT, ÔJI ! TU DOIS CHOISIR ENTRE LES ÉTUDES OU LA PRISON !
BRRR
VOUS INSINUEZ QUE JE NE DOIS PAS ME MARIER JUSTE APRÈS LE LYCÉE ?
FAUT QU'ELLE VIENNE AU CLUB DE CATCH, ELLE...
HEU...
DONC...
BREF ...
ÉCOUTEZ, JE ME FICHE DE CE QUE VOUS PENSEZ !
JE N'IRAI PAS À L'UNIVERSITÉ !

HUUU...
ÔJI... IL EST SÉRIEUX ?
AGENCE MATRIMONIALE CAMÉLIA
MOI, SI JE DEVAIS ME MARIER...
CE SERAIT AVEC UN GARS QUI A FAIT DE HAUTES ÉTUDES !

C'EST QUAND MÊME MIEUX POUR MON IMAGE ! ET C'EST AUSSI UNE SÉCURITÉ FINANCIÈRE !
ALORS, VOUS AVEZ QUELQU'UN À ME PRÉSENTER ?
....
JE COMPRENDS MAIS CE N'EST PAS AVEC UN CV QUE VOUS ALLEZ VOUS MARIER.
LE PLUS IMPORTANT, C'EST LA PERSONNALITÉ ET LES RAPPORTS AVEC L'HOMME !
HÉ HÉ
SALE HYPOCRITE !
GRRR

J'AI REÇU UN COUP DE FIL DE L'ÉCOLE...
ON SAIT TOUT !
TU OSES PROFÉRER LA BONNE PAROLE AUX MEMBRES DE NOTRE AGENCE ALORS QUE DE TON CÔTÉ, C'EST "FAITES CE QUE JE DIS, PAS CE QUE JE FAIS" ? PFUU !
HA HA
......
T'AS RAISON ! MON PREMIER MARI A FRÉQUENTÉ UNE BONNE FAC MAIS C'ÉTAIT UN GROS NAZE EN RÉALITÉ...
GRRR
JE VOIS...
Y'A RIEN À VOIR !
ÔJI NE VIENT PAS AUJOURD'HUI ?
NON, SES PROFESSEURS L'ONT CONVOQUÉ À PART POUR PARLER DE SON AVENIR...
ÔJI N'EST PLUS UN GOSSE, IL FINIRA BIEN PAR RETROUVER LA RAISON...
JE SUIS SÛRE QU'IL IRA À LA FAC...

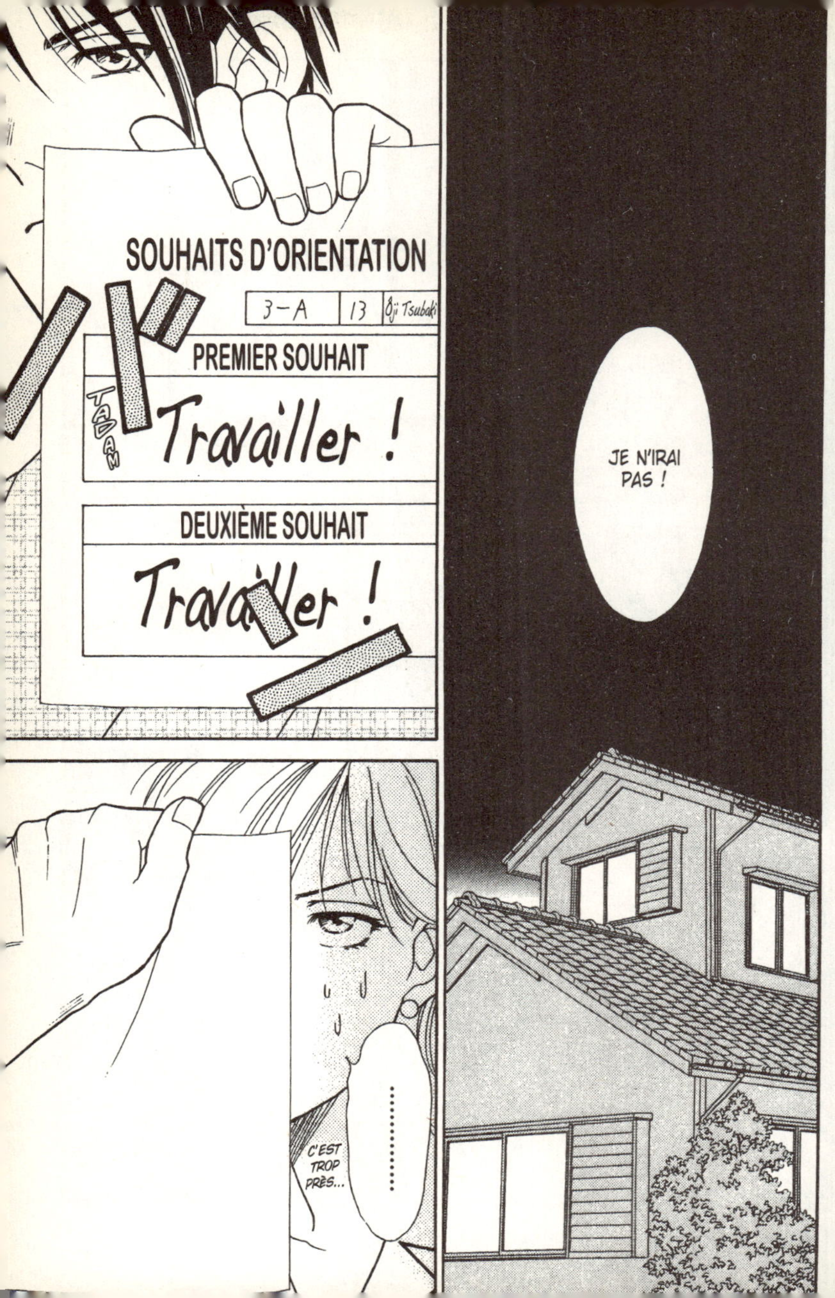
JE N'IRAI PAS !
SOUHAITS D'ORIENTATION
3-A
13
Ôji Tsubaki
PREMIER SOUHAIT
TADAM
Travailler !
DEUXIÈME SOUHAIT
Travailler !
....
C'EST TROP PRÈS...

ÔJIII...
RÉFLÉCHIS BIEN ! SAIS-TU AU MOINS OÙ TU VAS TRAVAILLER, HEIN ?
DANS VOTRE AGENCE...
JE NE METTRAI PAS LONGTEMPS À BOTTER L'ARRIÈRE-TRAIN DU DIRECTEUR POUR PRENDRE SA PLACE ! ON DEVIENDRA RICHES !
HÉ HÉ HÉ
LES BOULES...
IL EST SÉRIEUX ...
HÉ HÉ HÉ
ZZZ
MAIS QUEL GÂCHIS ! TU AS POURTANT LE NIVEAU POUR FAIRE DE GRANDES ÉTUDES !
TOUT CE QUI VOUS INTÉRESSE, C'EST D'AVOIR UN MARI DIPLÔMÉ ! JE LE SAIS !
ET ALORS ? IL EST OÙ LE PROBLÈME ?

ET EN PLUS ELLE L'AVOUE ?!?
LE CV DE SON HOMME, C'EST COMME DE PORTER UN BEAU BIJOU !
JE SUIS CERTAINE QUE TOI AUSSI TU RÊVES D'INTÉGRER UNE GRANDE UNIVERSITÉ !
BOING
HUU...
TU EN AS TOUT À FAIT LE DROIT !
HUU
UN BON DIPLÔME POUR UN BON BOULOT !
UN TRUC DANS LA HAUTE TECHNOLOGIE, JUSTE COMME TU AIMES ! TU POURRAIS UTILISER TOUS LES MEILLEURS ORDINATEURS DU MONDE ! ALORS ? ALORS ?
OR... ORDI-NA-TEURS
BOM BOM

TU IMAGINES LE RÊVE ? TU IRAS DANS UNE ÉCOLE PRESTIGIEUSE DANS LAQUELLE TU GLANDERAS QUATRE ANS AVEC LE POGNON DE TES PARENTS !
TU POURRAS PASSER DU BON TEMPS ! PROFITER DE LA VIE ! DE TA JEUNESSE !
ET PUIS LES GARÇONS QUI ONT UNE CARRIÈRE PROMET-TEUSE...
ILS ONT VACHEMENT DE SUCCÈS AUPRÈS DES NANAS !
BANZAÏ ! VIVE LES DIPLÔMÉS !
C'EST VRAIMENT CE QUE VOUS VOULEZ ?
NON, MAUVAISE IDÉE...

おほほ
HO HO !
ほほほほ
HO HO HO !
OUAIS OUAIS...
TU POURRAS AUSSI DEVENIR UN HAUT FONCTION-NAIRE ! ÊTRE À LA TÊTE DU PAYS, VOIRE MÊME DEVENIR MINISTRE !
TU AURAS L'ARGENT ET LE POUVOIR ! ET UNE BONNE RETRAITE !
BON, CETTE DISCUSSION N'A QUE TROP DURÉ !
ALLONS DORMIR !
WHAAA
AH!
ÔJI...

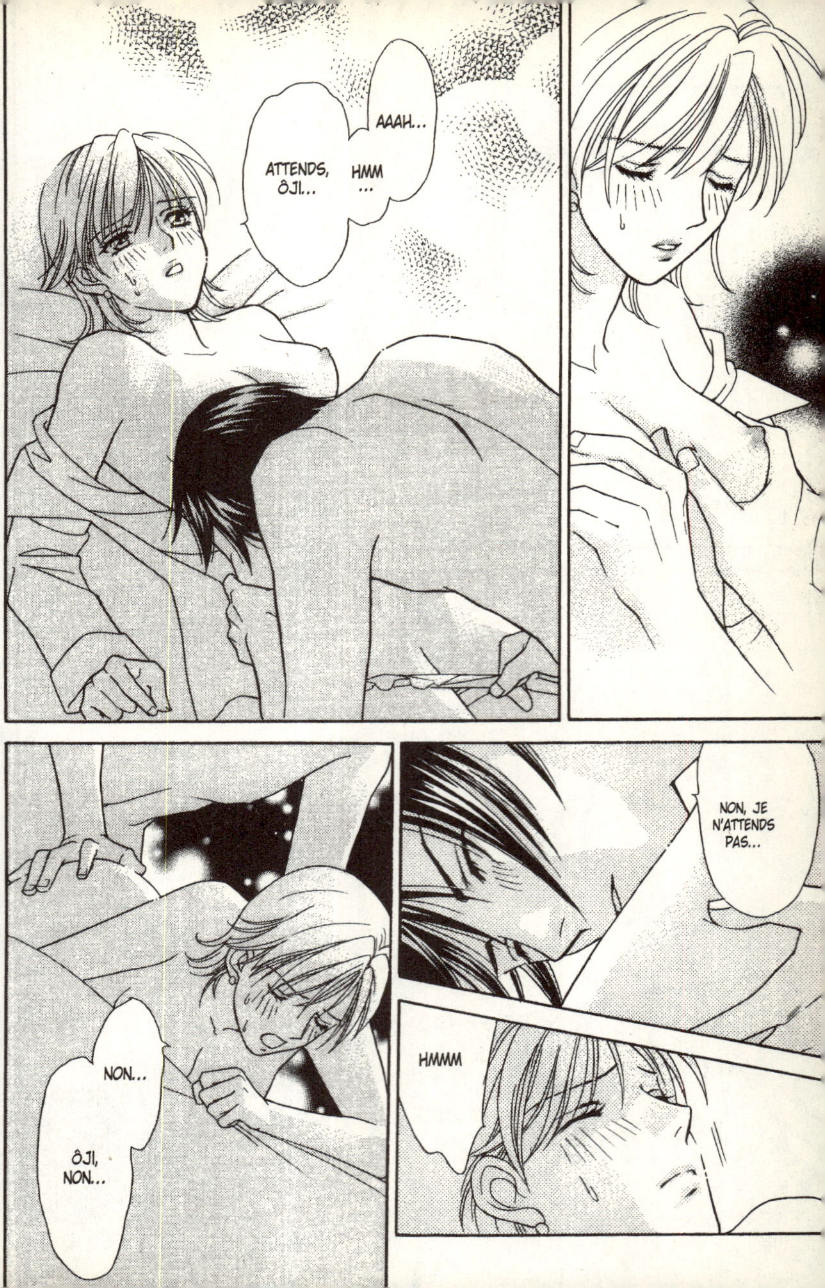
AAAH...
HMM ...
ATTENDS, ÔJI...
NON, JE N'ATTENDS PAS...
HMMM
NON...
ÔJI, NON...

STOP !
BLOCK !
IMAGINE QUE CE SOIT L'ENTRÉE DE L'UNIVERSITÉ !
HOP, FAUT SIGNER LÀ...
赤門
PORTE D'ENTRÉE
TU PEUX AUSSI PASSER PAR L'ARRIÈRE, HEIN...
ZAAAAM
ゴ
ン
ペシャ
BAF

MERCI, AU REVOIR !
CLAAAACK
FIUUU...

VIOC' ?
ON T'A ENCORE CONVOQUÉ POUR TON ORIENTATION ?
OUI
AH ! ÔJI !
SURTOUT QU'ILS ME DISENT QU'IL EST TROP TÔT POUR ME MARIER...
ET ILS VEULENT EMBAUCHER NAÉKO DANS LE CLUB DE CATCH...
BAH OUI MAIS QUELLE IDÉE DE L'AVOIR DIT DEVANT LES PROFS ! TOUT LE BAHUT EST AU COURANT !
J'AIME NAÉKO, C'EST TOUT.
ÇA POSE UN PRO-BLÈME ?
NON, JE ME DISAIS JUSTE QUE T'ÉTAIS VRAIMENT PAS UN MEC COMME LES AUTRES ! T'ES INCROYABLE !
PENSE CE QUE TU VEUX...
ET SI TU L'AIMES TANT, POURQUOI TU NE FAIS PAS COMME NAÉKO SOUHAITE, ALORS ?
!

CE SERAIT UNE BELLE PREUVE D'AMOUR, NON ?
……
JE COMPRENDS QUE TU VEUILLES TE DÉPÊCHER DE L'ÉPOUSER…
MAIS LA SOCIÉTÉ N'ACCEPTE QUE LES GENS QUI ONT DES DIPLÔMES…
SAUF QUE…
JE SUIS SÛRE QUE NAÉKO DIT CELA AUSSI POUR TON BIEN…
!
KLONG.

JE... JE SUIS JUSTE VENUE T'APPORTER ÇA...
TCHAC
VOUS AURIEZ DÛ LE DIRE PLUS VITE, M'DAME !
TCHAC
......!
DEMANDE DE POURSUITE DES ÉTUDES ?
ALLEZ, VA VITE LE RENDRE À TES PROFESSEURS !
BYE !
SOUHAITS D'ORIENTATION
3-A 13 Oji Tsubaki
PREMIER SOUHAIT
Aller en fac ♡
DEUXIÈME SOUHAIT
Go Go Vive l'université !
CERTIFIÉ
UNE SECONDE !
どかん
TAAAAP
どかん
TAAAAP
どかん
TAAAAP

JE CROIS QUE VOUS AVEZ DU MIEL DANS LES OREILLES, VOUS...
LA MADAME A RAISON, ÔJI ! TU DOIS POURSUIVRE TES ÉTUDES !
FAN CLUB
TOUT LE MONDE PENSE COMME ELLE !
TOUT À FAIT ! M'DAME, VOUS DEVEZ INTÉGRER NOTRE CLUB DE CATCH !
LA FERME !
RHAAA ! GROAAAH !

OK OK ! ÇA VA !
J'AI COMPRIS !
DU CALME...
だ
TAP
VIOC' ? TU VAS OÙ ?
ずん
ZUUUSH
DÉJÀ DE RETOUR ?
C'EST QUOI CE SAC ?
PREMIUM
生
BEER
ス
FUIP
!?
Ô... ÔJI ?

ÔJI ?
TU... TU AS ACHETÉ DE LA BIÈRE ? POURQUOI ?
BOIRE DE L'ALCOOL DANS L'ENCEINTE DE L'ÉTABLISSE-MENT CAUSERA MON EXCLUSION DÉFINITIVE DE L'ÉCOLE.
ET COROLLAIREMENT, CELA FERMERA TOUTES MES PERSPECTIVES D'ÉTUDES À L'UNIVERSITÉ.
な
QU... ?!?
JE VOUS LE DIS ET RÉPÈTE ENCORE ! POUR MOI, PRENDRE SOIN DE NAÉKO EST PLUS IMPORTANT QUE TOUT LE RESTE !
Y COMPRIS LA FAC !

N...
NON !
ÔJI ! NE FOUS PAS TA VIE EN L'AIR JUSTE POUR MOI !!!
JE NE VEUX PAS !!!
PLOP

KLANG
QUE... QU'EST-CE...
QUE VOUS VENEZ DE DIRE ?

NE FAIS PAS ÇA !
JE SUIS SÛRE QUE TU VEUX Y ALLER !
À CAUSE DE MON ÂGE, TU VEUX JUSTE PRÉCIPITER LES CHOSES !
MAIS COMMENT POURRAIS-JE AVOIR LE CULOT DE T'ÉPOUSER APRÈS AVOIR...
FICHU TA VIE EN L'AIR ?

C'EST VRAIMENT ...
CE QUE VOUS PENSEZ ?

OUF ! HEUREUSEMENT QUE TU N'AS PAS BU CETTE BIÈRE !
OUI MAIS J'AURAIS PU ME FAIRE VIRER À CAUSE DE VOTRE COMPORTEMENT...
HÉ HÉ
AU LIEU DE PROVOQUER TOUS CES MALENTENDUS...
POURQUOI NE PAS M'AVOIR DIT CE QUE VOUS AVIEZ SUR LE CŒUR DÈS LE DÉBUT ?
......
PARDON...
VU QUE TU ES UN PEU LENT D'ESPRIT...
JE PENSAIS QUE TU NE SERAIS PAS CAPABLE DE COMPRENDRE D'UN COUP...
BEN VOYONS ...
GRRR
JE SUIS SI HEUREUSE...

CETTE HISTOIRE M'A PERMIS DE CONSTATER QUE JE SUIS TA PRIORITÉ...
ÇA ME FAIT PLAISIR...
NE VOUS RÉJOUISSEZ PAS TROP VITE...
CAR JE N'AI PAS DIT MON DERNIER MOT ! J'AI BIEN L'INTENTION DE FAIRE LES DEUX EN MÊME TEMPS !

COMMENT ÇA ?
OUI, J'IRAI À L'UNIVERSITÉ !
ET DANS QUATRE ANS, JE SERAI UN PRO DE L'INFORMATIQUE !
AH !
IL FAUT ARROSER ÇA !
ZUIP
わあっ
WHAAAA !
ÇA NE VA PAS LA TÊTE ?!?
T'EN FAIS PAS ! TU BOIS EN PRÉSENCE DE TA TUTRICE !
BEER

TUTRICE ? QUELLE LAIDE EXPRESSION !
JE PRÉFÈRE...
PETITE AMIE OU...
FIANCÉE...
OU ENCORE...

Fin de la première partie. À suivre...

LES POTINS DE LA SÉRIE 8

15

Une veillée de Noël très animée

J'AIMERAIS PASSER LA VEILLÉE DE NOËL EN AMOUREUX...
OUI...
ÇA TE DIT UN DÎNER AU CHAMPAGNE ?
TU VEUX QUOI COMME CADEAU ?
RIEN ! JE VOUS VEUX, VOUS...

AH OUI ? JE ME DONNE À TOI, ALORS...
J'AI HÂTE D'Y ÊTRE...
AGENCE MATRIMONIALE CAMÉLIA
FÉLICITATIONS POUR VOTRE MARIAGE !

MERCI INFINIMENT !
NOUS VOUS ENVERRONS DES PHOTOS !
SOYEZ HEUREUX !
ET JOYEUX NOËL !
LA PÉRIODE DE NOËL EST VRAIMENT PROPICE AUX RENCONTRES ET À L'AMOUR, NON ?
CLAP CLAP
BEAUCOUP DE GENS NE VEULENT PAS PASSER NOËL SEULS...
OUI ! ET NOUS AVONS ENCORE 28 RENDEZ-VOUS AVANT LA VEILLE DE NOËL !

ET NOUS SERONS DÉBARRASSÉES LE 24 !
MARIÉE
OUI ! MOI, J'AI PRÉVU UN DÎNER AVEC MON P'TIT MARI !
UN AN DE MA-RIAGE
J'EMMÈNE MON BÉBÉ À LA MESSE... ♡
2 ANS DE MA-RIA GE
ET VOUS MLLE KÔENJI ? VOUS LE PASSEZ AVEC ÔJI, N'EST-CE PAS ?
COMME VOTRE GRAND-MÈRE N'EST PAS LÀ, VOUS RESTEZ LA NUIT DU 24 À LA MAISON ?
OUI, MAIS NOUS NE DORMIRONS PAS ! POUR NOUS, 24 RIME AUSSI AVEC 69... ♡
69 ? HEU...
BANDE D'IDIOTES ! VOUS NE PENSEZ QU'À VOS PETITES SORTIES ALORS QUE BEAUCOUP DE NOS MEMBRES SOUFFRENT ENCORE DE LA SOLITUDE ! BOSSEZ !
BAAAASH

BOSSEZ ?
BOSSEZ ?
ET VOUS ?
OUI BON, NE FAITES PAS CETTE TÊTE LÀ !
HUM
BON, J'AI UNE NOUVELLE À VOUS APPRENDRE ...
L'AGENCE CENTRALE NOUS A DEMANDÉ DE PARTICIPER À SA VEILLÉE DE NOËL...
UNE VEILLÉE ?!?
ILS N'ONT PAS ASSEZ DE MEMBRES À LA CENTRALE ?
AU CONTRAIRE ! ILS ONT BESOIN D'AIDE ET VEULENT UNE PERSONNE DE NOTRE AGENCE POUR LEUR FILER UN COUP DE MAIN.

ZUT, JE DOIS ALLER À LA BANQUE !
OH ! MON RENDEZ-VOUS !
TIENS, UN FAX EST ARRIVÉ...
PERSONNE N'AURA ENVIE DE BOSSER LE 24 !
NOUS N'AVONS PAS LE CHOIX...
IL FAUT TIRER AU SORT !
HAAA
HAAA

NOOOOOOOOOOOOOOOON
3-A

BINGO ! ♥
VOUS GAGNEZ LE DROIT DE BOSSER ! ♥
BRRR
BRRR
HUUU
HUUU
HUU
HUUU
HUU
HUUU
TCHOP
C'EST PAS DU JEU !
LA LOGIQUE EST RESPECTÉE ! LES CÉLIBA-TAIRES BOSSENT LA VEILLE DE NOËL !
HA HA HA !
ET TOI ALORS ? TU VAS DÎNER AVEC TA MAIN DROITE ?
HEU, QUE SE PASSE-T-IL ?
ÔJI !

OUIIIN !
J'AI TIRÉ LE SALE LOT ! J'AI TIRÉ LE SALE LOT !
LA PRÉSIDENTE DE LA CENTRALE VEUT QUE J'AILLE BOSSER LE 24 !!!
COMMENT ? ON VOUS FORCE À ALLER LES AIDER LE SOIR DU 24 POUR UNE FÊTE À L'AGENCE CENTRALE CAR ILS N'ONT PAS ASSEZ DE MONDE POUR ENCADRER LEURS MEMBRES ?
COMMENT IL SAIT TOUT ÇA, LUI ?
BAH, C'EST ÔJI...
HORS DE QUESTION ! JE N'IRAI PAS !
CELA FAIT DES SEMAINES QUE JE BOSSE À FOND ! C'ÉTAIT JUSTEMENT POUR ÊTRE TRANQUILLE CE SOIR LÀ !
J'AI DÉJÀ TOUT PRÉVU POUR NOTRE SOIRÉE 69 ! J'AI MOI-MÊME FABRIQUÉ UNE CROIX POUR QU'ÔJI JOUE LE RÔLE DE JÉSUS ET MOI SON SAUVEUR !
....

NAÉKO...
ON VOUS A CONFIÉ CETTE TÂCHE. VOUS DEVEZ LA REMPLIR.
OUI MAIS...
ÔJI...
RIEN NE NOUS EMPÊCHE DE DÉCALER CETTE SOIRÉE EN AMOUREUX !
EN REVANCHE, POUR LES MEMBRES, CETTE VEILLE DE NOËL EST VRAIMENT PRIMORDIALE ! ILS N'ONT QUE CE SOIR LÀ !
J'AI HONTE DE MOI, SUBITE-MENT. PAS VOUS ?
BAH, C'EST ÔJI..

NAÉKO, C'EST VOTRE MÉTIER !
OK, J'AI COMPRIS...
HAAA !
PARFOIS, JE DÉTESTE TA CLAIRVOYANCE, ÔJI...
HEIN ?
TCHOP

PARFOIS, JE PRÉFÉRERAIS QUE TU SOIS MOINS PERS-PICACE !
PARCE QUE LÀ, ÇA M'ÉNERVE !
JE PARS ! J'AI UN RENDEZ-VOUS !
VLAM !
NA... NAÉKO !

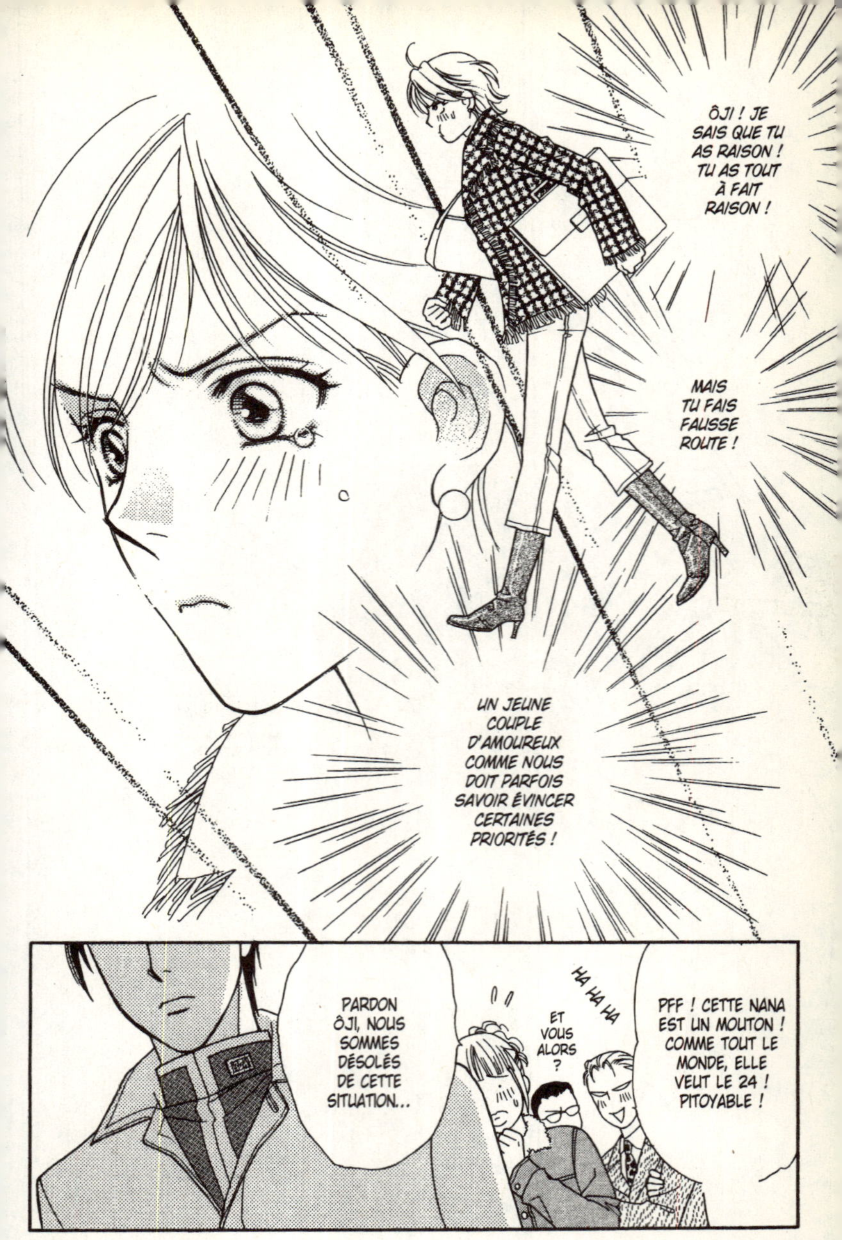
ÔJI ! JE SAIS QUE TU AS RAISON ! TU AS TOUT À FAIT RAISON !
MAIS TU FAIS FAUSSE ROUTE !
UN JEUNE COUPLE D'AMOUREUX COMME NOUS DOIT PARFOIS SAVOIR ÉVINCER CERTAINES PRIORITÉS !
PFF ! CETTE NANA EST UN MOUTON ! COMME TOUT LE MONDE, ELLE VEUT LE 24 ! PITOYABLE !
HA HA HA
ET VOUS ALORS ?
PARDON ÔJI, NOUS SOMMES DÉSOLÉS DE CETTE SITUATION...

LE TRAVAIL, C'EST LE TRAVAIL...
IL EST TELLEMENT DIFFÉRENT DE SON GRAND FRÈRE...
ÇA VEUT DIRE QUOI, ÇA ?
TCHAC
TCHAC
CLIC
CLIC
LA POLICE NOUS ANNONCE QUE CET HOMME RISQUE DE S'INFILTRER À LA FÊTE DU 24. NE LE LAISSEZ PAS ENTRER, IL EST DANGEREUX.
....

VEILLÉE DE NOËL
HOP HOP HOP
VOILÀ ! J'APPORTE LES LOTS POUR LE BINGO DE CE SOIR !
VOUS ÊTES DE L'AGENCE CAMÉLIA ! LAISSEZ CES CHOSES LOURDES AUX GARÇONS DE LA NÔTRE !
NON ! NON !
JE SUIS VENUE ICI POUR FILER UN COUP DE MAIN ! JE SUIS VOTRE ESCLAVE, PAS DE PROBLÈME !

HOP HOP ! JE BOSSE ! JE BOSSE !
WHAAAA !
HÉ TOI, DÉGAGE, JE BOSSE !
DONC, IL EN FAUT VINGT ICI...
NOUS SOMMES LE 24 ET NOUS N'AVONS TOUJOURS PAS RÉSOLU NOTRE PETITE DISPUTE...
ÔJI DOIT CERTAINEMENT ÊTRE EN TRAIN DE RÉVISER SES EXAMENS À LA MAISON...

ON PASSERA LE 24 EN AMOUREUX, HEIN ?
PRÉSIDENTE ! TENEZ !
VOICI LES DOSSIERS DES MEMBRES DE CE SOIR. ILS ÉTAIENT POSÉS À L'ACCUEIL.
OH ZUT !
ALLEZ PLUTÔT LES CACHER AU VESTIAIRE ! PERSONNE NE DOIT LES CONSULTER !
OUI, Y'A UNE TONNE D'INFORMATIONS PERSONNELLES SUR TOUT LE MONDE ALORS...
S'IL VOUS PLAÎT...
TENEZ, VOUS AVEZ LE TICKET NUMÉRO 8. NE LE PERDEZ PAS.
MERCI
8
TCHOP

TCHAAAP
OUPS ! JE SUIS DÉSOLÉE !
NON NON, C'EST MOI…
TENEZ …
MERCI…
VOUS ÊTES DU STAFF ?
OUI
MON DIEU QUE LES HOMMES DEVRAIENT AVOIR HONTE DE LAISSER TRAVAILLER…
UNE AUSSI JOLIE FEMME À LA VEILLE DE NOËL !
BOM

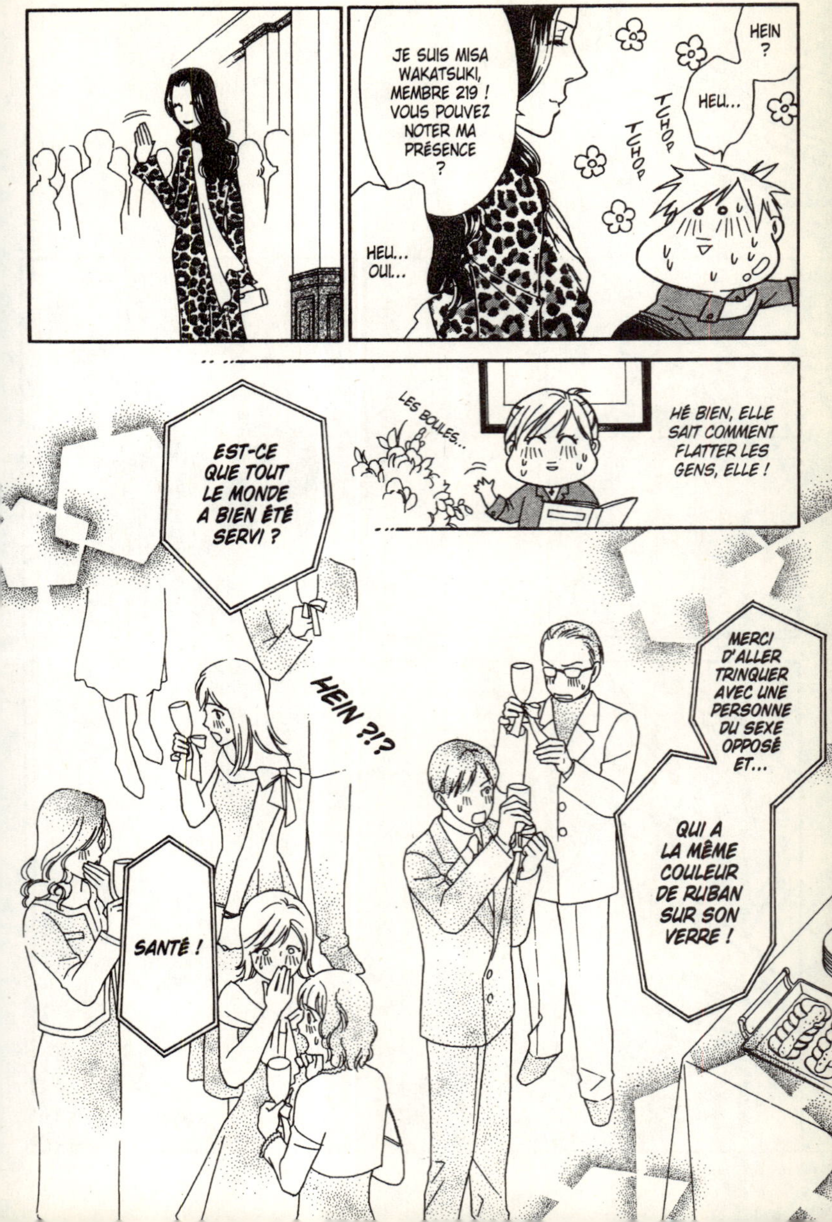
JE SUIS MISA WAKATSUKI, MEMBRE 219 ! VOUS POUVEZ NOTER MA PRÉSENCE ?
HEIN ?
HEU...
TCHOP TCHOP
HEU... OUI...
HÉ BIEN, ELLE SAIT COMMENT FLATTER LES GENS, ELLE !
LES BOULES...
EST-CE QUE TOUT LE MONDE A BIEN ÉTÉ SERVI ?
MERCI D'ALLER TRINQUER AVEC UNE PERSONNE DU SEXE OPPOSÉ ET...
QUI A LA MÊME COULEUR DE RUBAN SUR SON VERRE !
HEIN ?!?
SANTÉ !

HEU, JE NE TROUVE PERSONNE AVEC LE MÊME RUBAN QUE MOI...
UN ROUGE ? SI, J'AI VU UNE FEMME TOUT À L'HEURE LÀ-BAS !
OH ! VOUS AVEZ LA MÊME COULEUR, VOUS DEVEZ TRINQUER ENSEMBLE !
TENEZ, LA VOILÀ. AMUSEZ-VOUS BIEN !
ET VOUS, VOUS BUVEZ AVEC MOI ?
MOI ? NON, NON, MERCI !
....

Ô...
ÔJI ?!?
ON DIRAIT QUE VOUS ENVIEZ TOUS CES COUPLES...
QU...

QU'EST-CE QUE TU FICHES ICI ?
GRRR
JE TE PRÉVIENS, JE N'AI PAS L'INTENTION DE FAIRE LA PAIX !
JE VOULAIS M'ASSURER D'UNE PETITE CHOSE ALORS JE SUIS VENU AVEC L'AUTO-RISATION DE MON FRÈRE.
T'ASSURER DE QUOI ?
HEIN ?
PUISQUE VOUS NE VOULEZ PAS FAIRE LA PAIX, JE NE VOUS LE DIRAI PAS !
GRRR

RHAAA
GRRR
AH OUI, J'OUBLIAIS !
CET HOMME...
VOUS NE L'AVEZ PAS APERÇU À LA SOIRÉE ?
...?
UN SI BEL HOMME ? ON L'AURAIT REMARQUÉ TOUT DE SUITE !
HMM...
JE ME SUIS FAIT DU SOUCI INUTILEMENT...
DE QUOI PARLES-TU ?
OH ! MAIS QUI EST CE JEUNE HOMME ?
C'EST ÔJ...
JE TRAVAILLE À L'AGENCE CAMÉLIA. JE SUIS VENU APPORTER MON AIDE.

PFF !
ET C'EST REPARTI !
NON MAIS !
MLLE WAKA-TSUKI...
VOUS NOUS QUITTEZ DÉJÀ ?

OUI ! ON DIRAIT QUE NOUS NE SOMMES PAS GÂTÉES PAR LES HOMMES CE SOIR !
MAIS...
J'AI AU MOINS EU LA CHANCE DE VOUS AVOIR RENCONTRÉE, VOUS !
...
HUUU
VOICI LE PAQUET DU NUMÉRO 8 !
C'EST BIEN VOTRE BAGAGE, N'EST-CE PAS ?
LE 8 ?
NON, C'EST LE... !
MLLE...
VOUS ...
ELLE EMPORTE LE DOSSIER AVEC LES DONNÉES DES MEMBRES !

ELLE M'A PRIS MON TICKET QUAND NOUS...
RENDEZ-MOI...
HMM ?
SPLAAAF !

HEIN ?
NAÉKO ! RECULEZ !
........!

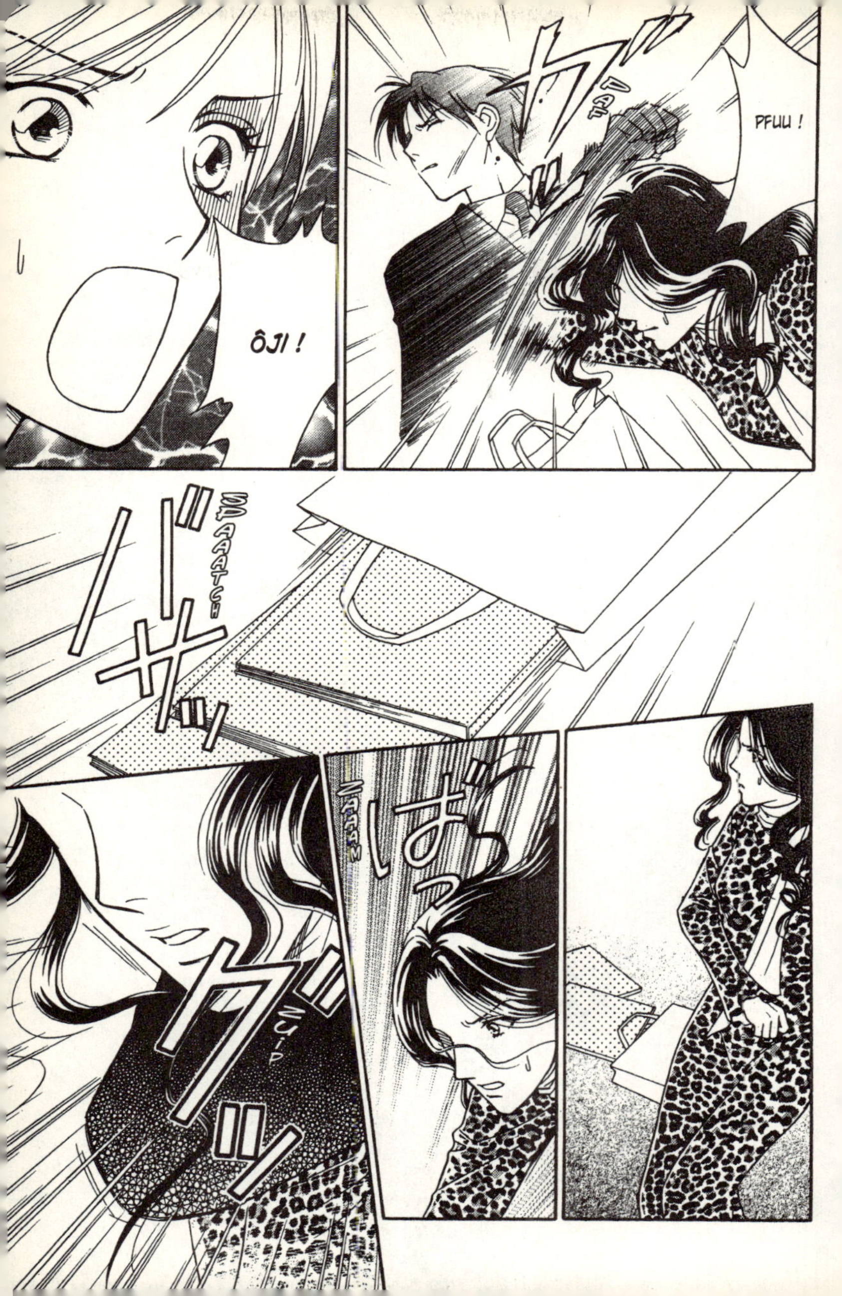
PFUU !
PAF
ÔJI !
SPAAAATCH
ZAAAAM
ZUIP

VOUS N'IREZ PAS PLUS LOIN !
TAAAAP
ÔJI !!!

ZUIP
CET HOMME EST UN FAUX MARIEUR ! C'EST UN TRUAND...
REGARDEZ ...

UN HOMME ?!?
COUCOU !
PIN PON !
PIN PON !
OUI, IL EST SUR LA BLACK LIST DE TOUTES LES AGENCES DU PAYS....
VOUS AVEZ DES FEMMES EN UNIFORME AU POSTE ?
BEN VOYONS...
IL A TRUANDÉ UN GRAND NOMBRE DE FEMMES...
IL ÉTAIT RECHERCHÉ POUR VOLS D'INFORMATIONS PERSONNELLES DANS D'AUTRES AGENCES. AVEC CES DONNÉES, IL CONTACTAIT DES FEMMES ET IL ABUSAIT DE LEUR NAÏVETÉ.
AÏE !
ÇA FAIT MAL !

PAF
SOYEZ PLUS DOUCE, MERCI...
LA FERME !
SI TU L'AVAIS DIT PLUS TÔT, ON N'EN SERAIT PAS LÀ !
JE VOUS AVAIS MONTRÉ LA PHOTO MAIS VOUS N'AVEZ PAS DU TOUT FAIT LE RAPPROCHE-MENT...
EN PLUS, IL A RÉUSSI À VOUS PIQUER VOTRE TICKET...
PFUU
COMMENT POUVAIS-JE LE RECONNAÎTRE, HABILLÉ EN FEMME !
LA FEMME QUI LUI A PRÊTÉ SON NOM EST AUSSI COMPLICE...
LA PRÉSIDENTE EST HEUREUSE QUE NOUS L'AYONS ARRÊTÉ ET ELLE VA INVITER TOUT LE PERSONNEL DE CAMÉLIA À DÎNER !

DIS, ÔJI...
CHERS MEMBRES ! PARDON DE VOUS INTER-ROMPRE...
MAIS IL EST BIENTÔT L'HEURE DE CLORE CETTE SOIRÉE...
ZUT...
JE DOIS Y ALLER.
NOUS ESPÉRONS QU'EN CETTE SAINTE SOIRÉE...
VOUS AUREZ TROUVÉ L'ÂME SŒUR...

AVEZ-VOUS FAIT DE BELLES RENCONTRES ?
DE TOUT CŒUR, NOUS SOUHAITONS...
QUE VOUS POURREZ PASSER TOUS LES AUTRES NOËL EN CETTE COMPAGNIE !
VOUS NE VOULEZ...
TOUJOURS PAS FAIRE LA PAIX ?
JE... PAS ICI...
VOUS N'AVEZ PAS COMPRIS LA VÉRITABLE RAISON DE MA PRÉSENCE ICI ?
CE N'ÉTAIT PAS POUR RECHERCHER CE TRUAND ?

ET NOTRE PROMESSE ?
NOUS DEVIONS PASSER CETTE VEILLÉE EN AMOUREUX, NON ?
SACRÉ ÔJI...
NON, JE N'AVAIS PAS OUBLIÉ...
BREF, NOUS VOUS SOUHAITONS BEAUCOUP DE BONHEUR MAIS...
SURTOUT...

Fin du chapitre 15

MESSAGE DE L'AUTEUR

SI VOUS SAVIEZ TOUS LES MALHEURS QUI ME SONT ARRIVÉS AU MOMENT OÙ JE DESSINAIS LE VOLUME 3 D'ITADAKIMASU !
UNE SUCCESSION DE PETITES CONTRARIÉTÉS COMME PAR EXEMPLE MA SŒUR QUI SE FAIT HOSPITALISER, MA MÈRE QUI S'EST CASSÉ LES DEUX BRAS, MOI QUI GLANDE À REGARDER DES DESSINS ANIMÉS (ET DU COUP JE SUIS EN RETARD) OU ALORS ON ME RETROUVE IVRE MORTE APRÈS M'ÊTRE ENFILÉ QUATRE BOUTEILLES DE CHAMPAGNE...
BREF, CETTE FIN D'ANNÉE A ÉTÉ UN PEU CATASTROPHIQUE...
J'AI BESOIN DE VOS ENCOURAGEMENTS ET DE VOS MESSAGES DE SOUTIEN !!!

ALLEZ, À PLUS !

Akari Hamada aurait pu vivre une adolescence normale si son père n'avait pas fait faillite. Ce dernier envoie sa fille "en paiement" auprès de la société Otomo à qui il doit plusieurs millions.

La jeune fille qui pensait partir étudier dans une prestigieuse école pour riches héritiers, va devenir la bonne en charge du dortoir des garçons !

Mais elle va surtout faire la recontre de Minato Otomo, un beau jeune homme cachant plusieurs secrets....

Elle balaiera TOUT sur son passage !

Playboy café 1
Tome 1
Playboy café 2
Tome 2
Une série en 4 tomes
Parviendra-t-elle à garder
ce garçon rien que pour elle ?